PURA COR

SHEILA HETI

Pura cor

Tradução
Bruna Beber

COMPANHIA DAS LETRAS

Copyright © 2022 by Sheila Heti
Esta edição é publicada em acordo com Sterling Lord Literistic, Inc.
e Agência Literária Riff.

Grafia atualizada segundo o Acordo Ortográfico da Língua Portuguesa de 1990, que entrou em vigor no Brasil em 2009.

Título original
Pure Colour

Capa
Samantha R. Monteiro

Foto de capa
Magnolia, de Tereza Mc, 2023, tinta acrílica e pastel oleoso sobre tela de algodão, 50 × 73 cm. Coleção particular.

Preparação
Julia Bussius

Revisão
Érika Nogueira Vieira
Márcia Moura

Dados Internacionais de Catalogação na Publicação (CIP)
(Câmara Brasileira do Livro, SP, Brasil)

Heti, Sheila
    Pura cor / Sheila Heti ; tradução Bruna Beber. — 1ª ed. — São Paulo : Companhia das Letras, 2024.

    Título original: Pure Colour.
    ISBN 978-85-359-3771-8

    1. Ficção canadense I. Título.

24-203407   CDD-C813

Índice para catálogo sistemático:
1. Ficção : Literatura canadense C813

Cibele Maria Dias – Bibliotecária – CRB-8/9427

Todos os direitos desta edição reservados à
EDITORA SCHWARCZ S.A.
Rua Bandeira Paulista, 702, cj. 32
04532-002 — São Paulo — SP
Telefone: (11) 3707-3500
www.companhiadasletras.com.br
www.blogdacompanhia.com.br
facebook.com/companhiadasletras
instagram.com/companhiadasletras
x.com/cialetras

UM

Depois que Deus criou os Céus e a Terra, se afastou para contemplar sua criação, assim como um pintor se afasta da tela.

É este o momento em que estamos vivendo — o momento do afastamento de Deus. Quem sabe dizer quanto tempo faz? Sem dúvida, desde o princípio dos tempos. Mas de quanto tempo se trata? E por quanto tempo assim permanecerá?

Pensava-se que duraria só um instante, essa espera contida no afastamento de Deus antes de se aproximar novamente para terminar a tela, mas parece que vai durar para sempre. E quem sabe há quanto tempo este mundo em que vivemos é visto do ponto de fuga da eternidade?

Agora a Terra esquenta de antemão à sua devastação por Deus, que concluiu que o primeiro rascunho da existência apresentou falhas demais.

Pronto para uma segunda tentativa de criação, dessa vez esperançoso em fazer mais acertos, Deus aponta no céu, se divide e se manifesta na forma de três críticos de arte: um pássaro grande que faz críticas do alto, um peixão que critica da parte intermediária, e um grande urso que critica enquanto nina a criação nos próprios braços.

~

As pessoas nascidas do ovo do pássaro estão interessadas na beleza, na ordem, na harmonia e no sentido das coisas. Olham a natureza do alto, de modo abstrato, e ponderam o mundo à distância. Essas pessoas se parecem com pássaros em pleno voo — volúveis, frágeis e vigorosas.

Pessoas nascidas de um ovo do peixe têm a consistência da

geleia, e essa geleia abarca centenas de milhares de ovos, e o que mais importa não é um ovo específico, mas estar na condição de coletivo. Para o peixe, a preocupação não é um ovo específico, mas que todos os ovos estejam em boas condições, onde a temperatura é adequada e a corrente suave, para que a maioria consiga sobreviver. Para o peixe, importa o bem-estar comum. Uma pessoa nascida do ovo do peixe está mais preocupada com a equidade e a justiça terrenas: que a humanidade como um todo esteja bem adaptada. Um peixe se preocupa com milhares de ovos ao mesmo tempo, enquanto a pessoa nascida do ovo de um urso escolhe uma só pessoa especial para manter debaixo de suas garras, o mais próximo que conseguir.

Uma pessoa nascida de um ovo de urso é semelhante a uma criança segurando sua boneca favorita. Ursos não têm um pensamento pragmático, segundo o qual suas pessoas favoritas podem ser sacrificadas por um bem maior. Os ursos são profundamente centrados em si mesmos. Escolhem algumas pessoas para amar e proteger, e são impassíveis às escolhas delas; devotam-se àquelas que podem cheirar e tocar.

Pessoas nascidas desses três ovos diferentes nunca vão se entender de fato. Sempre vão achar que aquelas nascidas de um ovo diferente do seu têm as prioridades erradas. Mas os peixes, pássaros e ursos têm igual importância aos olhos de Deus, e o mundo não seria melhor se existissem apenas os peixes, e o mundo não seria melhor se houvesse apenas ursos. Deus precisa que sua criação seja criticada pelos três. Mas, aqui na Terra, quase não dá para acreditar nisso: os peixes acham que as preocupações dos pássaros são superficiais, ao passo que os pássaros ficam impacientes com as críticas dos peixes. Nada faz com que uma pessoa ache que a obra de uma vida — ou ela mesma — torna-se mais invisível do que quando julgada por uma pessoa nascida de um ovo diferente.

Entretanto, os pássaros deveriam agradecer o fato de que alguém esteja fazendo a crítica estrutural, assim não têm que se dar a esse trabalho. E os peixes deveriam agradecer que alguém faça a crítica estética, pois assim se concentram na estrutural.

~

Deus sente mais orgulho de sua criação no sentido estético. Basta olhar para a harmonia extraordinária do céu e das árvores e da lua e das estrelas para reparar no grande trabalho desempenhado por Deus, esteticamente. Portanto aqueles nascidos do ovo do pássaro são os mais agradecidos. Os nascidos do ovo do peixe são os mais contrariados, e os nascidos do ovo do urso tampouco são muito felizes.

Deus, numa segunda tentativa, talvez não deva perceber a criação como uma obra de arte; assim fará um trabalho melhor e mais justo, mais condizente com nossa vida. Mas será possível, para um artista, moldar seus impulsos na direção de uma forma que não seja, no fim das contas, uma forma de arte?

~

Esta história, em particular, diz respeito a uma mulher semelhante a um pássaro chamada Mira, que se divide entre seu amor pela misteriosa Annie, que lhe parece um peixe desatento, e o amor que sente pelo pai, que lhe parece um urso acolhedor.

~

O coração do artista é um tanto oco. Os ossos do artista são um tanto ocos. O cérebro do artista é um tanto oco. Por isso conseguem voar. Aqueles que não nasceram do ovo do pássaro devem estar se perguntando por que os pássaros — que são todos uns autocentrados — foram os escolhidos para vir ao mundo e preenchê-lo de metáforas, imagens e histórias. Por que teriam dado esse dom aos *pássaros*?

Um pássaro consegue aprender a andar no solo conforme um urso, e consegue passar a vida inteira caminhando — mas assim nunca será feliz. Ao passo que um peixe resfolega na orla e se desespera para voltar ao mar.

~

Mira adoraria ter nascido do ovo do urso! É certo que adoraria ser embaixadora de um amor simples e duradouro, um amor terreno. Mas, sempre que intenciona seu coração nessas tentativas, e deseja e se empenha, elas dificilmente se cumprem. Amar outra pessoa de fato — para ela é a parte mais confusa, a mais absurda, é a parte sua que mais se assusta e sente culpa.

Mas ela não deveria se sentir mal por ser um pássaro, pela grande beleza das flores em sua janela — as flores logo ali, no parapeito de sua janela. Pelas pétalas e folhas que fazem qualquer passante sorrir, e por alguém amar e prezar a beleza. Suas flores nos fazem pensar nas flores que há na alma das pessoas que as colocaram ali para nos alegrar e enlevar nosso coração. A beleza das flores é uma pista para a beleza que há nos corações humanos. Elas são o buraco da fechadura para um coração humano.

E uma boa ação de um peixe, por menor que seja, se efetivamente concretizada, é uma espiadela num coração humano. E uma espiadela no coração de uma pessoa é uma espiadela no coração de muitas outras. E as expectativas do urso são compartilhadas por toda a humanidade. E tudo que expande um coração expande tantos outros corações.

Mira saiu de casa. Em seguida arranjou um emprego numa loja de abajures. A loja vendia abajures Tiffany e outros abajures feitos de vidro colorido. Cada abajur custava uma fortuna. O mais barato custava quatrocentos dólares. A quantia que ela ganhava por mês. Todas as noites, antes do fechamento da loja, Mira tinha que desligar um por um os abajures. Levava cerca de onze minutos. Na maioria dos casos bastava puxar uma cordinha de metal. Tinha que tomar cuidado para que ela não ricocheteasse contra o bulbo ou a lâmpada. Tinha que puxar as cordinhas com certa delicadeza. Era um trabalho maçante. Mira não trabalhava no turno da manhã. Outra pessoa tinha que acender os abajures. A tarefa não era melhor que a de Mira.

Do outro lado da rua havia uma loja de lustres. Na de Mira, só se vendiam abajures, mas essa outra loja oferecia tipos variados de luminárias, inclusive lustres acoplados a ventiladores de teto — um tipo de iluminação bastante moderna se comparada com as antiguidades de sua loja. As pessoas preferiam a loja que ficava do outro lado da rua. O proprietário da loja em que

Mira trabalhava já tinha clientes suficientes para manter o negócio, afinal a maioria dos casais atravessava a rua para gastar seu dinheiro em luminárias brancas modernosas, e luminárias off--white feitas de plástico industrial. Os colegas de trabalho de Mira lamentavam, diziam que aquelas pessoas tinham mau gosto. Quando chegava a hora de fechar a loja, Mira avistava o homem magro que trabalhava do outro lado da rua apagando todas as luminárias, uma a uma. Ambos tinham a mesma tarefa noturna. Mira sentia-se incompreendida pelo mundo, mas lhe ocorreu que aquele homem talvez a compreendesse. Porém, envergonhada pela semelhança que havia entre eles, evitava fazer contato visual.

Ela se sentia muito solitária naquela época. Mas não dava importância. É só quando se envelhece que todo mundo faz você se sentir mal por estar sozinho, ou insinuam que passar o tempo na companhia dos outros é de certo modo melhor, uma prova de que se é amável.

Mas ela não estava sozinha porque era detestável. Ficava sozinha para conseguir ouvir seus próprios pensamentos. Ficava sozinha para conseguir ouvir a própria vida.

Como Mira arranjou esse emprego na loja de abajures? Deve ter passado pela loja e visto uma plaquinha. Como as pessoas arranjavam empregos naquela época, antes que todo mundo soubesse o que todo mundo queria? Plaquinhas de papelão.

Como achou o quarto onde morava? Provavelmente num pedaço de papel colado em algum lugar, ou pregado na cortiça de um café da vizinhança. A casa tinha dois quartos no andar de cima e um banheiro compartilhado. Havia um quarto grande no primeiro andar, habitado por um gay loiro, que uma noite apareceu em casa todo machucado e ensanguentado. Eles se esbarraram na escada, e ele deu as costas para ela, abalado e furioso.

No andar de Mira vivia um homem solitário, cerca de dez anos mais velho que ela, que ela só tinha visto umas duas vezes. Ele era tímido e calado. No banheiro compartilhado havia uma banheira suja, então Mira nunca usava a banheira, e raramente tomava banho de chuveiro. O homem costumava preparar seu jantar na cozinha, então ela comprou um fogão elétrico para seu quarto.

O quarto tinha uma varanda com boa ventilação, feita de ripas de madeira e basculantes sutilmente distorcidos espalhados pelos três lados. Teria servido de uma agradável sala de estar, caso o tempo tivesse sido favorável. Mas era outono quando Mira chegou, e quando partiu era começo de primavera. Guardava todos os livros que tinha numa prateleira daquela varandinha gélida. No dia da mudança, abriu a porta para catar seus livros e notou que todos tinham uma nova aparência, as páginas onduladas pela umidade e o frio do inverno rígido.

Mira resolveu estudar. Foi aceita pela Academia Americana de Críticos Americanos, em uma das sucursais internacionais. Não foi tão fácil entrar. Todo mundo que desejava ser crítico estava no páreo. Abriam poucas vagas a cada ano, então as pessoas que logo eram aceitas podiam se vangloriar. Só o fato de ter entrado ali colava uma espécie de selo na mente e na personalidade dos eleitos. Significava que a pessoa era um pouco superior às demais.

A escola tinha um salão com mesas, uma espécie de tetraedro feito de carteiras baratas de plástico industrial, com paredes reluzentes e manchadas de fumaça. Era ali que os alunos matavam o tempo. Havia uma janelinha pela qual compravam chás e croissants, e as pessoas que trabalhavam atrás da parede não eram vistas com frequência, ou nunca.

Ali os alunos se sentavam em suas carteiras e declamavam. Faziam seus pronunciamentos e caíam na gargalhada, e era o único lugar de todo o prédio em que se sentiam protegidos dos olhares dos professores. Era o único lugar em que se sentiam livres. A vaidade saía pelo ladrão! Achavam importante aprimorar seus conhecimentos. Sabiam que tinham que desenvolver um estilo de escrita e pensamento que sobrevivesse através dos tempos, e que também penetrasse nas mentes de sua geração com perspicácia. Estavam na escola para isso — só eles, os eleitos. Acreditavam que o futuro seria definido a partir dos moldes criados por eles. Era importante ter opiniões próprias — o que acreditavam que o mundo era, e como acreditavam que o mundo *deveria* ser.

~

Nem chegaram a cogitar a possibilidade de que um dia no futuro poderiam andar com telefones pra cima e pra baixo, e, a partir dos quais, pessoas muito mais carismáticas do que eles escoariam um fluxo interminável de imagens e palavras. Não tinham a mais vaga ideia de que o mundo aumentaria tanto de tamanho, ou que a competição ficaria tão mais acirrada.

Comiam croissants e bebiam tisana. Fumavam maconha e iam chapados para a aula. Tinham poucas disciplinas, e as oferecidas eram inúteis e datadas.

Todas as manhãs, tinham que praticar tai chi no porão da escola. As aulas eram conduzidas por um professor cinquentão, magro e enérgico. A lição era que se praticassem tai chi todas as manhãs pelo resto da vida seriam pessoas tão enérgicas e habilidosas quanto ele. Todos frequentavam a aula, exceto Matty, que achava que um crítico não precisava praticar tai chi. A simples existência dessa aula o deixava possesso! Achava que deveriam dormir até tarde. Ele não havia sido informado, no ato da matrícula, que praticar tai chi às oito da manhã era um dever de todos os alunos. Se soubesse, nem teria se candidatado. Achava que lhe cabia a decisão de mexer ou não seu próprio corpo, e que não era da conta de mais ninguém. Embora os colegas de classe concordassem com ele, praticavam tai chi todas as manhãs.

Mira frequentava a escola havia poucos dias quando viu Matty pela primeira vez, saindo do lago, onde tomava banho, nu. Ele também a viu, e acenou com a cabeça. Ela olhou para ele, acenou de volta e logo desviou o olhar. Ele era alto, forte, e seu pênis estava mole, o saco avermelhado, ele era todo peludo, estava com o cabelo lambido, os lábios inchados, os olhos vermelhos da água, e olhou para ela com lentidão, estendeu a mão lentamente, e Mira só conseguiu desejar nunca mais cruzar com ele pelo resto de sua vida letiva.

O professor mais velho, Albert Wolff, pôs-se ante a uma tela na qual se projetava um slide da pintura de um aspargo. Ele fez uma grande firula para procurar o que não via, enquanto os estudantes o circundavam na sala escura. Explicou que o mundo ainda passava pela febre de amar Manet, mas que logo todas as pessoas concordariam com seu ponto de vista.

"Édouard Manet é uma personalidade curiosa. Como pintor, tem bons olhos, mas não acerta a mão. A fada-madrinha que presidiu seu nascimento lhe presenteou com as principais qualidades que um artista deve ter, mas logo a fada má aproximou-se de seu berço e disse, *Queridinho, você não vai longe. Uso agora meus poderes para privar-lhe das qualidades que, no fim das contas, fazem um artista.*"

Enquanto Mira se encostava na parede, sentiu um tremor agradável no peito, como se alguma coisa lhe tivesse penetrado e morrido ali mesmo. Mas logo depois sua pele ficou quente e ela sentiu-se envergonhada com a distância entre o que Albert Wolff dizia e tudo que aquela pintura lhe havia despertado. Ele disse que o quadro tinha *certas* qualidades artísticas, mas que faltava alguma coisa, o essencial, a fagulha que diz *tem muito mais*.

"A pintura avistada pelo espectador tem os mesmos atributos de franqueza e vanidade da pessoa que está diante dela. Não se pode sentir engrandecido por ela, ou dignificado por ela, de forma alguma. Não vejo por que me ter em mais alta conta, como homem, diante desta pintura, do que diante de uma parede de tijolos. Penso, *Humanos são derrotáveis, para começo de conversa — nem vale a pena tentar*. No entanto, pressupõe-se que a arte nos forneça o sentido oposto — que o esforço humano tem asas! Uma pintura deve possibilitar que uma pessoa alce voos espirituais, mas uma pintura como esta não tem asas, então tem-se a sensação de que asas nem existem. O aspargo está ali como uma pedra na alma, ridicularizando nossas pretensões espirituais. Mas a espiritualidade não é uma pretensão! Não há diferença entre a espiritualidade e uma canção, e a canção entoada no coração de Manet tem o som de uma sirene. Devíamos sentir pena deste rapazote-pintor, minucioso e desesperado, a quem falta o essencial, insondável a si mesmo. Para descobri-lo, bastaria que ele ficasse diante de sua pintura em qualquer museu, e, olhando para a direita e para esquerda, percebesse como a obra dos grandes pintores faz a alma decolar, em seguida olhasse para sua própria pintura — vaga, apressada, rude, desencantada, recusando-se à possibilidade do voo. Como é possível ele não enxergar isso? Um pintor sem olhos! Ou olhos extirpados das mãos! *Para que* os humanos buscam a arte, se não para descobrir dentro de si mesmos aquele olho que perscruta seu interior, que dá significado a toda existência — afinal o que é arte se não o ato de infundir-se de matéria pelo sopro de Deus? O artista que não compreende isso pinta formas irrelevantes e sem vida. É evidente a razão da risada dos críticos: porque ficaram perplexos ao não conseguir enxergar aquilo a que tinham direito de ver. Uma pessoa se veste para sair de casa, a arte também tem esse dever. Mas as pinturas de Manet são nuas, despidas — não só pelo aspecto ridículo de seu tema, mas também espiritualmente."

"Um artista sabe-se artista pelo modo como se relaciona com sua própria sinceridade", disse Matty. "Quer dizer então que não havia qualquer inquietação em Manet enquanto ele pintava — qualquer noção de que lhe faltava o essencial?" Matty aguardou a resposta, enquanto fumava de um jeito lânguido; ele era a esperança mais genial e luminosa da escola.

Wolff aquiesceu. "Um grande artista se aconchega na poltrona de seu talento, é o mesmo que se aconchegar nas mãos quentes de Deus. Mas o talento de Manet não se aconchega, é alheio a seus próprios tropeços. Assemelha-se ao cão que tem três patas e que não se acha diferente de um cachorro que anda com quatro! Ele quer que o público faça seu trabalho — e o público só tem que *sentir* encantamento. Ele solicita que o público finalize sua pintura, porque é preguiçoso e incapaz. Ele deve sentir uma frustração profunda enquanto trabalha, ao tentar consertar o que não tem solução. Por isso pinta com pressa, para não ver o que está fazendo. É por isso que suas telas são uma barafunda. Sua alma não tem bússola, por isso sua visão se torna caótica. É possível sentir a inveja que há no coração dele, embora ele nem saiba o que invejar nos outros pintores! Incapaz de revelar a beleza, ele se esconde atrás da feiura que *ele* chama de beleza, e suas telas resultam vergonhosas, logo é envergonhado pelos críticos, porque nos envergonha primeiro. Mas continua a pintar suas telas que nada têm a oferecer, e ainda por cima culpa os críticos pelos 'crimes' cometidos contra ele."

Havia muitas formas de ser odiado, e uma pessoa podia ser odiada por tantas outras. No começo, éramos ingênuos deste fato — do quanto podíamos ser odiados, tanto por pessoas que pensávamos gostar de nós como por pessoas que pensávamos estar alheias a nós. Mas havia ainda muito mais ódio que qualquer um de nós era capaz de compreender. Parecia que o ódio brotava do âmago de nossos seres. Anos depois, bastava espiar pelo olho mágico e lá estava, aos olhos de todos — um mundo inteiro sulfúrico, de ponta a ponta, eternamente. Parecia que éramos feitos de raiva.

E por que não? Éramos indignos à felicidade. O amor idealizado sempre nos seria indigno. Tarefa que poderia tomar nosso coração e mente para sempre — tarefa que também nos era indigna. Nunca ganharíamos o dinheiro que esperávamos ganhar. Nada seria como esperávamos que fosse, neste que é o primeiro rascunho da existência. As pessoas enfim estavam começando a compreender. Nossa raiva tinha toda razão de ser.

Ao menos Deus havia nos ofertado o nascer do sol — para

aqueles que viviam em um penhasco. Ao menos havia nos dado um pouco de amor — mesmo que insuficiente para chegarmos ao fim de nossa vida. Aqui, no primeiro rascunho da existência, fizemos nossos próprios rascunhos — histórias e livros e filmes e peças de teatro — ao polir nossas pedras para mostrarmos uns aos outros e a Deus o que esperávamos do rascunho seguinte, e nos confortando com nossas próprias visões. Nos dias bons, reconhecíamos que Deus tinha feito um bom trabalho: tinha nos dado a vida e preenchido a maioria dos espaços vãos da existência, exceto o do coração.

É certo que o mundo estava falhando em desempenhar sua única tarefa — a de continuar sendo mundo. As peças estavam se soltando. As estações passaram à pós-modernidade. Pelo clima, era impossível saber em que mês estávamos. Chegamos a acreditar que dois mil anos de passado era muito tempo, mas logo percebemos que tudo era bem recente — só trinta gerações antes da nossa. Ainda vivíamos a época de aperfeiçoar nossas ferramentas: a Idade do Bronze, a Idade do Ferro, a Revolução Industrial, a Era da Informação. Mas, espiritualmente, sempre houve apenas uma era. A decepção amorosa não era menos decepcionante. A luxúria tampouco menos luxuriosa. Seguimos mais orgulhosos e ávidos e temerosos que nunca. Podíamos medicar nossos sentimentos, ao menos por um tempo, e a psicoterapia nos ensinou que podíamos fingir que éramos melhores do que de fato éramos. O fingimento é útil até certa altura do caminho, mas não leva ninguém adiante.

As geleiras estavam derretendo. As espécies morrendo. Os últimos combustíveis fósseis incinerados. A causa do desmaio de uma pessoa na rua poderia ser uma entre centenas. Surgiam novas formas de morrer a cada dia.

O tempo todo estávamos irritados. O tempo todo sentíamos inveja. Sentíamos alívio ao perceber que éramos julgados por pessoas tão irritadas e invejosas quanto nós. Algumas pessoas ficavam abaladas ao perceberem que estavam sendo relegadas por sua própria época; pessoas que deram as costas à cultura e se satisfaziam vendo os dias passarem imperturbavelmente — sob o sol que nascia todas as manhãs e se punha no fim da tarde. Tínhamos curiosidade pelo mundo vindouro, mas nos sentíamos amainados porque seus problemas não seriam mais nossos. Algumas pessoas habitavam um regaço prazenteiro ao se tornarem nulas, medíocres e irrelevantes diante de tantas mudanças e do caos. Mas em meio a tudo isso, ainda era possível avistar, na estante de alguém, livros com centenas — milhares, até! — de anos, relevantes até os dias atuais. No entanto, livros com vinte anos não tinham mais qualquer relevância.

Um livro tem que passar por esse estágio difícil — quando já tem vinte anos, mas não é velho o suficiente — antes de se tornar algo natural, parte vital da civilização, tão robusto e decisivo quanto uma árvore. Tornar-se árvore — para um livro — é a maior das expectativas. Mas como isso acontece? E por que acontece com alguns livros mas não com outros? Quem é responsável por levar os livros para a frente, e quem está apenas usando o uniforme de lanterninha? Quem é que de fato conduz os livros no curso difícil de sua irrelevância no decorrer das civilizações?

Cabeça fria e coração gelado são indispensáveis à prevalência da arte. O lanterninha de livros tem uma cabeça friíssima e um coração geladíssimo, que só se encandece com livros e palavras. É possível detectar aqueles meramente vestidos como porteiros pela candência das palavras que usam. Eles acham que a arte vai lhes trazer acalento e recuam quando são mordidos por ela — mas arte se preserva é nos corações de gelo. Somente aqueles com geladeiras no coração e geladeiras nas mãos é que têm frieza suficiente na alma para desempenhar a tarefa de manter o frescor da arte ao longo dos séculos, guardada no congelador de seu coração e mente. Porque a arte não é feita para os corpos viventes — é feita para as almas impassíveis e eternas.

Mira sentava-se na loja de abajures e encarava um abajur em particular. Um de gotas verdes e gotas vermelhas; pedrinhas polidas de vidro colorido unidas por uma armação de ferro. A cúpula era quase ovalada, com uma bela estrutura de ferro. Era a coisa mais maravilhosa que Mira já tinha visto. Ela ficava sentada e esperava o dia escurecer, quando podia desligar todos os outros abajures e contemplar seu favorito, com suas pedrinhas translúcidas, iluminadas de dentro para fora. Ela girava a cúpula com muita delicadeza e a luz colorida se espraiava pelas paredes e pelo corpo de Mira.

Como seu abajur favorito era o mais barato de todos, havia a possibilidade de que um dia pudesse tê-lo, caso não fosse comprado antes. Talvez tivesse se tornado seu favorito pelo simples fato de ser o mais barato. Não vale a pena amar alguma coisa que está além do nosso alcance.

A condição essencial de humildade do abajur foi o que lhe chamou a atenção. Não havia sido feito por alguém que entendesse o modo como uma pessoa talvez queira parecer aos olhos dos outros, ou que acreditasse que as pessoas adquirem coisas para se exibir perante os amigos. Nem por alguém que imaginasse que um objeto estava preso a uma escala maior de valores, ou que pudesse enturmar a pessoa que o possuísse com outras de gosto semelhante. Havia sido feito por uma pessoa humilde que teve uma ideia simples: *Agora vou fazer o próximo abajur.*

Sempre que Mira chegava ao trabalho, a primeira coisa que fazia era conferir se o abajur ainda estava lá. Sempre estava. Ela supôs que sua chefe devia saber o tamanho de seu apreço pelo abajur, embora nunca tivesse tocado no assunto. É provável que cada funcionário tivesse seu abajur favorito.

Uma tarde, estavam no salão de chá da escola, tomando o chá da tarde, quando Matty apareceu e disse que acabara de conhecer Annie. É claro que já tinham ouvido falar dela — e ficaram animados ao saber que ela realmente existia. Onde Matty havia encontrado Annie? No parque, sentada debaixo de uma árvore. Ela estava lendo e assim ele a reconheceu. *Como você teve certeza de que era ela?* Isso foi Antigamente, quando ainda não dava para procurar a foto de uma pessoa. Ele respondeu que não teve dúvidas.

Você falou com ela? Claro que sim! Nunca perderia essa chance! *E então? A convidou para tomar um chá?* Ele respondeu que não, como se fosse uma atitude ofensiva. Mas o número de telefone dela estava anotado no verso do livro dele. Veja bem, não era o número de telefone *dela*, mas o da livraria que ficava próxima de sua casa. Eles passavam os recados para ela. Mira sentiu urgência em ser a pessoa a telefonar, pois estava certa — assim como todos — de que Annie mudaria sua vida. Tempos depois, quando Mira já estivesse mais velha, ficaria constrangida de encontrar alguém que talvez mudasse sua vida. Teria se preocupado com sua aparência, ou temeria que pudesse envergonhá-la. Mas naquela época ela ainda não se via como pessoa. Não se via como um ser que pudesse ser visto, apreciado e, por fim, julgado por outra pessoa. Queria o que queria, e estava alheia ao fato de que seus desejos se refletiam no que era.

Matty disse: *Vamos telefonar para ela agora mesmo.* E assim fizeram. Foram para o corredor e usaram o telefone que ficava numa caixa de madeira. Atendeu uma mulher. Matty falou que era uma ligação para Annie. A mulher disse que passaria o recado. Matty olhou para o resto do grupo, desesperado, e sussurrou, tampando o fone: *Qual é o nosso recado?* Mira respondeu: *Para ela ligar para a secretária e dizer quando nós podemos ir visitá-la.* Matty perguntou: *Nós, quem?* Mas repetiu o recado inteiro para a mulher. Assim que desligou o telefone, Matty e Mira tiveram uma pequena discussão. Ele ficou aborrecido por ela o ter feito dizer uma coisa que soava boba e juvenil. *Por que está preocupado?*, perguntou Mira. *É óbvio que estamos na escola.* Eles se arrastaram pelo corredor até a secretaria, o grupo todo. Mira explicou à secretária que em breve receberiam um telefonema, se o recado poderia ser deixado na caixa de Matty? Cada aluno tinha um cubículo de madeira na parede que ficava do lado de fora da administração, para correspondências, mensagens privadas e circulares da escola. Assim que saíram, Mira disse: *Viu? Deu certo.* Matty fez uma careta. Então voltaram para o Salão de Chá. Duas horas depois, foram à caixa de Matty e o recado de Annie já estava à espera. *Apareçam qualquer noite depois das oito.* Uma vitória! De fato eram capazes de qualquer coisa. Tudo na vida deles comprovava isso.

Ótimo, comentaram, *vamos agora*. Nunca tinham ouvido falar em agir com prudência. Então às oito horas chegaram à livraria, abriram a porta de vidro da parede ladrilhada ao lado da loja e subiram a escada para o apartamento de Annie. Era como se já soubessem tudo sobre o mundo — como se já soubessem tudo sobre Annie, inclusive onde morava.

Annie morava num apartamento espaçoso em cima de uma livraria mística na Harbord Street, na época em que ali havia basicamente livrarias-antiquário. O cheiro da loja se infiltrava pelos vãos de seu apartamento — cheiro de incenso, de óleos intensos e poeira de cristais velhos e empoeirados, desenterrados das profundezas da terra, um cheiro sombrio e metálico de moedas gastas, misturado ao cheiro das senhoras de meia-idade que trabalhavam lá, de suas peles envelhecidas e perfumadas. Uma das portas dava para a livraria mística, a outra para o apartamento de Annie, passando por um corredor de escadas soturno e estreito.

O apartamento de Annie era empoeirado e cheirava a cocô de rato. É um cheiro inconfundível. Seu apartamento era um grande vazio: dois cômodos sem nada, um na parte da frente; então, seguindo por um corredor extenso e sem janelas, um cômodo grande nos fundos. Um banheirinho e, no meio, uma cozinha mal-ajambrada. Assim que chegaram, perambularam a esmo, sem rumo e sem jeito, com inocência e curiosidade. O cômodo dos fundos era o mais vazio, mais frio. Mas talvez já tivesse sido bonito, repleto de plantas, pois havia uma pilha de vasos no canto que Annie não havia se dado ao trabalho de jogar fora. Os dois cômodos tinham muitas janelas, mas da primeira vez que estiveram lá já era noite, as janelas refletiram apenas seu rosto desolado, e do outro lado fazia uma noite úmida. Na cozinha havia um fogão velho que emanava um cheiro de vazamento de gás, mas naquela época tudo fedia. Os apartamentos de todos eles fediam. E cada um tinha um fedor próprio, e o mau cheiro era motivo de orgulho para seus moradores, como se o apartamento fosse o sovaco deles: cada pessoa se sentia atraída ou repelida por determinado cheiro. O cômodo da frente, uma espécie de saleta, tinha uma mesa de centro miúda de madeira e umas cadeiras desmanteladas encostadas nas paredes, sem dúvidas catadas na rua.

Mira sentiu uma vergonha súbita de estar ali com seus colegas de classe. Queria uma espécie de distinção; para que Annie soubesse que ela era a melhor, a que deveria ser sua favorita. Matty fez um rapapé com o chapéu para Annie assim que entraram. Enfim se acomodaram na saleta da entrada, sobre almofadas no chão. Annie veio da cozinha com um cinzeiro em forma de mar, grande e transbordante, que pôs no meio da mesa de centro, e todos sacaram seus cigarros. Mira vigiou o olhar de Annie para descobrir se Annie queria trepar com Matty — Matty que tinha cheiro de porão, mas ainda assim era atraente.

Em torno deles flutuava todo tipo de fantasma e alma penada aos quais não davam atenção. Nas casas que alugavam havia fantasmas e restos de inúmeras coisas deixadas pelas pessoas que ali viveram e morreram, e das pessoas que tinham morrido antes dos novos moradores, no chão e dentro da terra, e tudo o mais emaranhando-se no carbono que servia de palco e anfiteatro da vida deles inteira, vida que nem sequer chegaram a suspeitar.

Eles nunca saberiam falar sobre isso, caso tivessem pensado sobre o assunto, mas nem chegaram a pensar, nem se aquilo que estava acontecendo ali se passava num cemitério. E como podiam imaginar que a mais doce daquelas criaturas ia morrer de uma doença desconhecida, vinte anos depois, a poucos quarteirões das festas que frequentavam, de uma doença rápida e fatal, que a deixaria alheia ao ponto de nenhum deles saber se ela conseguia ouvir o que estavam conversando. Ela *estava* ouvindo o falatório ou seu cérebro já tinha virado uma papa? Havia tido um comportamento semelhante ao de Mira; não fazia os joguinhos das meninas. Então, um belo dia, sem mais nem menos, estava morta.

~

O único jeito que sabiam viver, baseado na grande importância que se davam e que era o cerne de todas as experiências, dizia respeito às informações que chegavam do mundo exterior, e eram muito, muito limitadas. Chegavam pelos jornais todas as manhãs, se é que chegavam. Eles não liam os jornais. Nunca tinham visto um vídeo de uma garota contando os segredos de seu penteado. Nem sabiam que as outras garotas faziam penteados. Tudo, a vida dos outros, os pensamentos de outras pessoas que não eles mesmos, também passavam ao largo da vida deles. Só se comoviam entre eles, com os livros que liam e as músicas que ouviam. Existia outra galera? Com certeza achavam que não.

Pode-se afirmar que as amizades eram diferentes naquela época? Que eram como abajures, os únicos a dividirem momentos de total privacidade? Não se conhecia mais que uma ou duas dúzias de pessoas, e não tinha como saber se haveria um reencontro. Sempre havia a possibilidade, depois da despedida, de que fosse a última vez. Depois de uma festa, o mais provável era que nunca mais se revisse aqueles rostos. Isso nem passava pela cabeça. Cada um tocava sua vidinha, que só se misturava à dos outros em festas. Fora delas, as pessoas raramente interagiam.

Tampouco as amizades tinham qualquer relação com a ostentação. Os amigos estavam por perto e fim. Não se pensava que poderia ser de outra maneira. Gostando-se dos amigos, ótimo. Não gostando, sem problemas também. Nossa vidinha medíocre nos parecia boa. Não nos ocorria que poderíamos ter uma vida melhor. Esse pensamento relegávamos às pessoas que viviam longe de nós. Nossa falta de noção do tamanho do mundo nos impedia de agir com falsidade. Bastava conhecer quatro ou cinco pessoas e ter dormido com duas ou três. Que mais então poderíamos ambicionar? Só idealizar a imortalidade — um senso de grandeza individual, que jamais poderia ser posto à prova.

~

O curioso é que nem faz tanto tempo. Ainda estamos, ao menos em grande parte, todos vivos. Porém, não temos contato uns com os outros. Mantivemos apenas os contatos iniciados na época da revolução da amizade, que transformou *o contato* em coisa primordial. Com os amigos de longuíssima data — ficávamos contentes em perder contato; para manter as tradições do mundo de outrora até os dias atuais.

Um dia, no trabalho, o chefe de Mira vestiu o casaco e disse que precisava correr para resolver uma incumbência e que em vinte minutos estaria de volta. Assim que saiu, Mira pegou seu abajur favorito, correu para os fundos da loja e o escondeu perto da saída de incêndio, num beco, entre caixas de papelão dobradas e sacos de lixo murchos.

Horas mais tarde, depois do fechamento da loja, Mira saiu pela porta da frente e deu a volta pelos fundos, pegou o abajur e o carregou ao longo de muitos quarteirões, escondido sob o casaco. Carregava o abajur como se fosse um gato bem gordo, apertado contra o peito, com toda a força. Levou o abajur para seu quarto e o pôs em cima da mesa. Inclinou o corpo para acendê-lo e se sentou de novo para contemplá-lo. Lá estava ele: seu abajur.

~

Mira não achava que a posse do abajur faria dela uma pessoa mais valorosa, ou fascinante. Não acreditava que seria admirada por ter um abajur. Tampouco que lhe daria poderes místicos. Era só o desejo de ter um objeto tão especial, tão reluzente, todo seu. Querê-lo, uma intenção simples e pura. Tempos depois, ter coisas passaria a ser mais complicado, estaria sempre insatisfeita, confusa, querendo sempre mais. Mas ter esse abajur não a fez querer ter outros. Sentia o prazer à toa de ter esse abajur.

Então se levantou, apagou a luz do quarto e sentou-se novamente para contemplá-lo. As pedras vermelhas e verdes resplandeciam seu rosto e as paredes brancas. E ela amava sua existência parca, inteiramente própria.

Haviam planejado tudo sozinhos, um jantar. Pretendiam convidar todas as pessoas, as mais legais que conheciam. Mira havia se mudado de seu primeiro apartamento e agora dividia a casa com Matty e dois colegas de classe. Disse a eles que pretendia convidar Annie, e fez o anúncio como se fosse chamar a rainha. O grupo visitara Annie outras vezes depois da noite que passaram sentados no chão de seu apartamento. Esperavam que ela aceitasse o convite.

~

À noite, quinze pessoas se sentaram ao redor de mesas improvisadas, comeram a sopa de amendoim preparada pelo colega de casa vegano e magricelo que morava no sótão e colecionava livros anarquistas e espadas japonesas enferrujadas.

Ninguém ali tinha dado um jantar antes, e Annie era a pessoa que Mira mais admirava. Então por que a convidara para sua casa miseranda? Porque até que Annie apontasse na porta da frente,

Mira não imaginava como sua vida pareceria aos olhos de Annie. Mira, exultante, fizera o convite com a ideia de que Annie veria sua vida da mesma forma que ela — uma existência parca e admirável. Mas quando Annie pôs os pés no vestíbulo, Mira logo percebeu que o convite havia sido um erro. Cruzando o corredor, Mira avistou Annie espiando o quadro que Matty tinha achado na rua. A paisagem estava pendurada no corredor e Matty havia desenhado piroquinhas nos lugares mais improváveis. Mira notou, pela olhadela de Annie, que não havia nada de engraçado nisso. Matty agira como um adolescente bobo! E assim era a vida deles, a festa, a sopa, a moçada bebum de seu círculo de amizades que não sabia se comportar naquela ocasião nobremente referida por eles como *jantar festivo*.

Annie estava equivocada por achar a comida nojenta e os convidados desprezíveis? Estava equivocada por ter sido a estraga-prazeres quando eles caíram de pileque nas primeiras duas horas de festa e começaram a insultar o amigo vegano, a sopa de amendoim e esmigalharam pão pela sala inteira? Mira observava Annie com muita ânsia, o jeito como se sentava, a postura ereta, a cadeira afastada do grupo. Annie não estava bêbada, não sorria, e Mira não sabia o que fazer para acabar com a bagunça.

Annie não se demorou na festa.

Nas semanas seguintes, toda vez que Mira e Annie se esbarravam, alguma coisa se alargava dentro delas. Algo estava se abrindo no peito de Mira, um portal para o peito aberto de Annie, que se alargava em direção à Mira. Esse alargamento era uma sensação inédita para Mira, até então insuspeita. Semelhante a uma vagina se alargando para receber um pau gigantesco, mas era no peito de Mira que esse alargamento acontecia, justo na parte de seu corpo que repelia o amor e preservava as entranhas a todo custo. Era assim que costumava viver — com o peito trancado. Mas agora o mantinha escancarado, e coisa parecida acontecia dentro de Annie.

~

Por que criamos vínculos fortes com algumas pessoas mas não ultrapassamos a frouxidão de certos laços? Da primeira vez que viu Annie, algo em Mira a reconheceu. Como se a relação delas já existisse. Não era o que acontecia com a maioria das pessoas. A suposta preexistência de Annie, algo difícil de explicar, parecia distingui-la do resto. Mira achava estranho pensar que, para os outros, Annie era só um ser andando na rua, uma ninguém.

Tendo-se uma vida pouco povoada, as emoções são muitas — mais até do que deveriam acontecer, dado a raridade de acontecimentos. Pessoas assim se incendeiam por dentro, mais que todas as outras. Esse incêndio sempre acontece no instante um e nunca se apaga. Nenhuma estupidez apaga esse incêndio, e mesmo que essas duas pessoas nunca mais voltem a se encontrar, o vínculo permanece. Mira sentia-se assim com Annie. Não que a conhecesse de vidas passadas. O encontro acontecia *na vida corrente* — que raro! Por que os encontros são tão raros *na vida corrente*?

Mas a questão era mais profunda: o que fazer com essas pessoas? Trepar com elas, amá-las ou deixá-las em paz? No entanto, pareciam implorar por um chamado. Mira sentia. Mas sabia que qualquer ato poderia gerar incômodos em sua vida. Então o que deveria fazer com a sensação de alargamento que sentia em relação a Annie? Em todo caso, fazer algo em relação a esse sentimento poderia resultar em constrangimento, pois Mira não sabia se Annie ouvia o chamado para entrar na vida de *Mira*. É certo que nem todas as pessoas de quem Mira ouvira o chamado acreditavam que suas vidas dependiam de um encontro com *ela*.

~

Em situações como essa, em geral põe-se a culpa nos deuses. Entram sorrateiramente no corpo de uma pessoa feito ameba e, de dentro dela, observam outra — a que escolheram observar. Assim, do interior de Annie, os deuses observavam Mira, e do interior de Mira observavam Annie. Nem sempre a ação é mútua, mas no caso delas foi — deuses tomando notas sobre humanos para que sejamos melhores no rascunho seguinte de mundo. Mira, que não sabia de nada disso, quis entender o que significava aquela intensidade toda: Tanta gente no mundo, por que *Annie*? Por que não conseguia parar de pensar em *Annie*?

Toda vez que trocavam olhares, ou pensavam uma na outra, sentiam o peito se alargar um pouco mais. Percebiam coisas não ditas sobre a outra, até sem querer. Tudo isso parece acontecer por si só, de maneira espontânea, a construção dessa ponte sobre a qual as coisas entre elas tinham um trânsito livre; não necessariamente coisas sexuais, ou mesmo coisas íntimas, mas coisas ainda desconhecidas. Uma estrada se abria, embora nada ainda transitasse por ela. Alguns trabalhadores a construíam — os deuses — e tudo acontecia muito rápido! Os deuses sempre foram ágeis — muito mais ágeis que a compreensão humana. Mira sentia-se nervosa e confusa: nada demais havia acontecido nas poucas vezes em que se viram que justificasse uma estrada tão sólida. A experiência era dolorosa, como se sua caixa torácica estivesse sendo extirpada para que as mãos dos trabalhadores pudessem tatear seu coração. Logo não podia mais ignorar a existência dessa estrada que estava sendo construída entre elas, que chegava diretamente nos rincões do peito de Mira, antes trancado a sete chaves, mas agora escancarado; nenhuma das duas estava pronta para pôr os pés nessa estrada, mas era fácil prever que não tardariam.

Annie crescera no orfanato de uma cidadezinha americana remota, então Mira e seus amigos achavam que ela era especial — por ter vindo de um país tão desolador e por nunca ter conhecido os pais. Ela contava histórias sobre a vida no orfanato, as cantorias e danças, as malandrices e as dores; ficavam encostados na janela aberta e olhavam para a imensidão luzidia da cidade, imaginando por onde andariam seus pais; se se lembravam da filha que haviam abandonado, se eram ricos ou bonitos ou amáveis.

Ser órfã a tornava melhor do que eles, esse era o consenso. Nascer nos Estados Unidos também era melhor. Ela havia comido doces de que nunca ouviram falar — *Mikes and Ikes. O que era isso?* Como que é não saber de onde você saiu, ou por que motivo seus pais abandonaram você?

Eles não podiam imaginar como havia sido sua vida. Desejavam ser como Annie — tão independente, tão livre. Uma espécie de romantismo envolvia o fato de ter crescido sem pai nem mãe, mas a ideia também os assustava. As grandes referências que tinham eram a mãe e o pai, mesmo que não morassem mais com eles. E mesmo que nunca telefonassem para casa, sempre haveria um guarda-chuva aberto sobre a cabeça deles, caso chovesse. Podiam se molhar se quisessem, mas se quisessem ficar secos, seus pais apareceriam para protegê-los. Não faziam ideia de que essa era a origem da coragem que tinham, nem que a tentativa de ataque que presumiam sofrer não era mais ousada do que um passeio noturno por uma rua com boa iluminação. Se quisessem, podiam ir para casa. Eram amados pelos pais. Mira tinha um pai que a amava profundamente, quase a ponto de não conseguir amar outra pessoa. Ao passo que Annie não tinha ninguém, estava sozinha no mundo. Por isso o grupo se sentia atraído por ela. Mira e seus amigos sentiam uma grande admiração por Annie. Ela era tudo que eles fingiam ser.

Talvez Mira não devesse ter saído de casa tão cedo, pois alguma coisa mudou quando ela saiu. Deixava para trás os valores tradicionais e familiares que conhecia — e para quê? Vivia no fio da navalha, sentimentos à flor da pele, já que essa era a vida de um crítico de arte: uma existência dura afiada na navalha da vida.

~

Quando Mira pensava em lar, pensava sobretudo no pai e no quanto ele a queria por perto. Havia a encorajado a cair no mundo, mas preferia que tivesse ficado em casa, ao seu lado. A presença do pai se impunha, sempre lhe pedia para voltar para casa, e Mira nunca conseguia distinguir quais atos voltavam-se ao seu próprio prazer ou à dor que temia causar ao pai — a suspeita que tinha de qual caminho deveria seguir.

Na infância, tudo eram flores: ele a todo tempo apresentava para ela a beleza do mundo, sua grandeza e mistério, e a atenção que lhe devotava fazia com que se sentisse querida e amada.

Numa tarde ensolarada, quando Mira e seu pai estavam no jardim, ele fez a promessa de que um dia lhe compraria todo tipo de coisa rara, maravilhosa, misteriosa, inclusive *a cor pura* — não era uma coisa colorida, era a cor em si! A cor em si vinha em disquinhos circulares e duros, e tinha o brilho de uma pedra polida, ou de uma joia polida, e bem lá no fundo repousava sua cor. Do lado de fora, só se via a cor, só o lado de fora existia. Mas diferente de uma pedra preciosa, não emanava cor. Uma cor estante, que está para o lado de dentro. A cor pura era introvertida, feito um animalzinho tímido. Mira nunca tinha visto uma cor pura antes, mas achava que seu pai sabia de todas as coisas, coisas que podia mostrar para ela, e com as quais presenteá-la, além dos tais disquinhos.

~

À medida que Mira ficava mais velha, tornava-se mais difícil amá-lo nos termos adequados, ou mesmo descobrir que termos seriam esses; se ela manifestasse qualquer interesse por outra pessoa era como se o privasse de algo, pois ele não tinha mais ninguém para amar além de Mira. Em geral era agradável estar com ele, mas algo sempre atrapalhava. O calor de seu pelo perseguia Mira por toda parte — coçava, grudava; mas também era reconfortante, um lar.

Então Mira esperava da vida um banho de água fria, assim que caísse no mundo, longe do pai. Não havia sido fácil viver sob as garras do urso mais pessimista de todos, e toda pessoa que se aproximava dela com aquele amor totalizante logo lhe deixava assustada. Ela se sentia mais atraída pelos peixes, que sabiam dividir sua atenção democraticamente entre as pessoas. Assim a superaquecida Mira saiu em busca de um congelador. Queria um amor que esfriasse sua cabeça, à temperatura vivente. Desejava ser tocada por mãos friíssimas. Se fosse amada de um jeito caloroso demais, temia que a temperatura alta lhe impossibilitasse de lidar com a arte, de ajudar a transmiti-la pelos séculos.

Mira não pretendia dar um beijo no pescoço de Annie, um beijo sensual, na primeira vez que ficaram sozinhas em público. Estavam na porta da livraria, quase na rua. Então Mira sentiu uma coisa. E começou a beijar o pescoço de Annie, ouviu a respiração de Annie rarear, e continuou por mais algum tempo, até que parou de beijá-la. Foi a primeira vez na vida que entregara os pontos. Luxúria, sim, também uma variedade repentina do amor. Pretendia só afastar a mecha de cabelo de Annie e tascar um beijinho. Mira fazia o tipo modesto que, naquela época, conseguia passar despercebida — mas quando aproximou os lábios, o cheiro de Annie a cativou, foi aliciada pelo calor de seu pescoço. Então voltou a beijá-la, com mais gentileza e lábios ainda mais macios, e o silêncio tomou o ar, e, percorrendo Mira, se realizou de maneira inédita. Era o mesmo silêncio que ouvia em seu coração.

Annie tinha alguma coisa, um poder, talvez, que Mira não conseguia distinguir até beijá-la pela primeira vez. Em seguida concluiu que estava enfeitiçada — e pensou que enfim descobrira por que os homens costumavam temer as mulheres, pois sabiam que elas eram donas de algum poder sobrenatural que deveria ser refreado. De repente, Mira viu-se repleta de todas as coisas que poderia fazer na companhia de Annie, de todas as coisas que ela mesma gostaria de fazer, e se deixou conduzir sem pensar em nada — sentiu um vão na cabeça semelhante ao do momento do beijo — e soube que poderia estendê-lo para regiões ainda mais fundas do corpo e do coração de Annie. Avistou o futuro desenrolar-se entre elas, ainda que tentasse resistir, e até então nunca tinha avistado o desenrolar de um futuro tão convincente.

~

Nas semanas seguintes, Annie não comentou o acontecido, e porque Mira era jovem e assim propensa ao constrangimento, nunca mais tocaram no assunto.

Fezes, vermes, mijo, encrenca. Chegamos a esse ponto. A elegância não nos levou a parte alguma; nossos modos não nos levaram a lugar nenhum. A paixão era só o delírio de que o mundo não fosse apenas mijo e poeira. E quantos arrebatamentos o rosto de Annie havia incitado! Em alguns livros, recomendava-se distância de uma mulher dessas, mas em outros a recomendavam como a mulher certa para amar. Na vida, não há placas que indiquem com segurança a mulher a ser evitada ou a mulher a quem se deve amar.

Uma pessoa pode desperdiçar sua vida inteira, até sem querer, por causa de outra com um rosto belíssimo. Deus pensou nisso quando estava criando o mundo? Por que não deu a todas as pessoas um rosto idêntico? O próximo rascunho do mundo talvez seja assim, e os viventes desse novo mundo nem vão imaginar que no rascunho anterior todas elas tinham um rosto diferente. Ainda que essa ideia lhes cause repulsa, a partir dela nem sequer serão capazes de cogitar o desperdício de tempo causado por tantos rostos diferentes. Não saberão intuir que certos rostos arruinaram a vida de pessoas com rostos menos belos, ou o estrago que um rosto bonito podia causar na vida de uma pessoa bela.

Mas, independentemente do rosto, no final não dá tudo certo? Dá, pessoas de rosto feio podem viver uma vida de belezas, e pessoas de rosto bonito podem levar uma vida de fealdade, e um rostinho bonito é capaz de enterrar qualquer pessoa no feiume total. Mas no próximo rascunho da existência, ninguém vai desconfiar; como alguém de rosto tão bonito pode deixar outra pessoa imersa no seu maior pesar.

Alguns meses depois, Annie pôs uma fotografia sua — revelada numa câmara escura no centro da cidade — dentro de um livro emprestado de Mira, que agora devolvia. Mira só encontrou a fotografia muitos anos depois, e ao abrir o livro descobriu a prova surpreendente do afeto de Annie. Ou será que Annie havia esquecido a fotografia ali dentro? Teria usado como marca-página? Nada disso, quando Mira conferiu o verso lá estava, na caligrafia desajeitada de Annie, a dedicatória: *Para Mira*.

Então por que Annie, a semanas da devolução do livro, não disse a Mira: *Espero que tenha encontrado minha fotografia*? Porque Annie nunca diria esse tipo de coisa. Era orgulhosa demais, e muito desesperançada para conseguir perguntar: *Você encontrou minha fotografia?* Mira fazia o tipo desatento que não via problema em perguntar a qualquer um, *Encontrou minha fotografia?*, mas Annie era friíssima, desconsoladíssima, jamais conseguiria pronunciar essas palavras.

A orfandade foi a primeira experiência que Annie teve na vida, então é provável que se sentisse fadada a reviver essa experiência — a de estar viva, mas preterida. O presente muitas vezes repete o passado, feito um patinho seguindo a mamãe pata — e quem já foi capaz de persuadir a criança do presente a não seguir a mamãe pata do passado? Logo, em vez de entregar a fotografia para Mira, Annie a deixou escondida.

Mais um tempo se passou, os meses se passaram e deram lugar a uma espécie de desalento, feito estação do ano que se desfaz. Dava para sentir o cheiro podre de seu fim. Assim como no fim do verão sente-se o cheiro do outono, a brisa percorrendo as folhas. E no fim do outono sente-se o cheiro do inverno, do gelo afiando o chão.

Matty foi o primeiro a sentir. Uma mulher de quadril largo lhe chamou a atenção, que era tão diferente de todas as pessoas do grupo, e ele foi lá e com ela se casou, deixando o grupo para trás.

O grupo logo passou a se dispersar por outros cafés da cidade, trocaram algumas cartas, então silenciaram. Todos eles já conheciam a história — bastava que Matty se apaixonasse e o mundo inteiro deles arrefecia e desmoronava.

Olhando para trás, foi assim que aconteceu. Mira precisava de uma nova garrafa térmica para armazenar tudo, a que ela tinha não seria capaz de conservar o calor de suas memórias.

Uma vez que o passado esfriou, mudou de estado. Primeiro sólido, depois virou um gás. Ou começou sendo gás, em seguida virou líquido, e Mira restou com as mãos cheias de sujeira. Então pensou: *Tanto tempo se passou, tanto tempo por nada, eu deveria ter ficado com meu pai.*

DOIS

Ela não sabe como refletir sobre a morte do pai, nem se deveria, ou como explicar o grande contentamento e a calma que se instalaram nela quando a vida deixou o corpo dele, e a sensação de que seu espírito entrava no corpo dela e a preenchia de alegria e luz. Houve um momento em que só houve o nada, não restava vida em seu pai, então o espírito que era dele entrou no corpo dela. Entrou pelo peito e a partir dali reverberou por todo seu corpo — do topo da cabeça desceu para os dedos dos pés, espiralando-se com graça por todo seu interior, e a paz que conhecera depois desse movimento foi o amor mais puro; um resplendor enfim a deixou desperta, e depois de senti-lo espiralar por tanto tempo, chegava a hora de compartilhar o acontecimento, descer as escadas e abraçar seu tio, dizer a ele: *Papai partiu*, e tentar abraçá-lo com a força necessária para que ele também reconhecesse a partida; o amor do pai transcorria seu corpo. A sensação de paz e alegria era total, e o alívio pela tarefa cumprida do pai, a dureza e o empenho de uma vida, e o fardo que arrastara a duras penas — tudo acabado, e o esvaziamento de seu corpo refazia-se na mais pura alegria. Cerca de vinte minutos depois, porém, um calafrio avassalou o corpo dela, e seus dentes começaram a ranger, e não paravam de bater em uníssono, e os braços ficaram congelados e o corpo inteiro se congelava e rangia, então deu meia-volta pela escada em direção ao cadáver do pai e se sentou ao lado dele na cama, puxou as cobertas, sem nem olhar para ele, mas tentando acalentar ali o próprio corpo. O espírito dele a desabitara? Ou aquela rangedeira era pelo acontecido, e o espírito permanecia dentro dela, mas uma coisa assim normalmente é seguida dos calafrios mais avassaladores? Não havia pergunta certa a fazer aos terrestres, afinal não fomos criados para ter esse tipo de resposta.

Estava deitada ao lado dele, abraçada a ele, seu braço sobre o peito dele, o corpo dela comprimindo a lateral daquele corpo imóvel e sem vida, que respirava momentos antes, e ela sabia que seu cérebro era uma coisica inútil, um cérebro terráqueo e ignorante, e que ela nunca conseguiria refazer em detalhes a experiência que acabara de ter.

Mais tarde, ao caminhar pelo jardim dos fundos da casa do pai, mais uma vez acordada no meio da noite, compreendeu que o universo havia ejaculado o espírito dele dentro dela — ainda estava presente? E enquanto tremia e congelava e seus dentes rangiam, meia hora depois do acontecido, o espírito tinha ido embora de repente? Ela nunca saberá, e não há autoridade sobre a Terra que possa explicar o que aconteceu naquela noite. Acontecia no plano espiritual — não era um fenômeno físico, psicológico ou emocional, então ela jamais compreenderá.

~

Quando o médico chegou horas depois para declará-lo morto, pegou a mão dela e disse, *Sinto muito pela sua perda*, ela estava tomada por um espírito novo, jovial e amoroso, e quase riu da palavra estranha que ele acabara de usar, *perda*.

Quando Mira pensa na morte do pai, ou nos poucos dias depois de sua morte, certos elementos voltam à mente: o quarto dele, o cheiro do corpo debaixo dos lençóis quando ele mexia as pernas, o cheiro de merda até então inédito que ela sentia, muito pungente, merda que também cheirava a alcatrão. Lembra-se da escuridão do quarto dele, um quarto que lhe era tão familiar: as estantes de livros, e, ao lado da cama, a escrivaninha e a cadeira em que ela algumas vezes se sentara naquela semana. Os papelões com reproduções de pinturas que o tio havia posto nas janelas para bloquear a luz, e a toalha verde colada com fita adesiva. De onde saiu aquela fita? Ela se lembra da toalha rosa sobre o chão ao lado da cama do pai, para colocar os pés, e do tapete de banheiro que fora presente dela e que às vezes colocava no lugar da toalha; era mais macio, mais quente, e não escorregava. O tio achou que ele não ia gostar da mudança, mas gostou. Não, a toalha no chão não era rosa. Era verde. As cores são importantes. E nem sempre são fáceis de lembrar.

Havia o cheiro da vela de cera de abelha que ela comprara

na internet, o tempo todo acesa no pratinho preto e branco. Havia o amarelo vivo da vela. Havia o vidro rosado da lamparina a óleo que trouxera de casa e tinha um cheiro suave de linho, mas que se tornara muito acentuado pela queima ininterrupta. O quarto tinha esses cheiros, que se misturavam com o cheiro do pai à beira da morte e ao som de sua respiração ofegante, da qual ela sentia saudade toda vez que saía do quarto. Parecia o barulho do mar, ou de um barco no mar; doloroso, rangente, ritmado, potente. Ele tinha dificuldade para respirar, mas ela adorava o som, um som que lhe causava dor e a deixava em transe. Toda vez que descia a escada, se ela se ausentava por um tempo maior, sentia falta do som. Do som de seu pai vivo, e dos últimos sons que ele emitiu. Embora o som derradeiro tenha sido nenhum — o som da respiração que para.

~

Quanto mais ela pensa naquela luz amarronzada do quarto do pai naquelas noites, e na luz da vela tremeluzindo, percebe que a cor do quarto refletia o sentimento de todos eles, e que aquela cor não é só uma representação do mundo, mas dos sentimentos que pairam num quarto, e do significado de um quarto no tempo, porque seu pai morreu sob aquela cor. Ela nunca tinha visto aquela cor antes. Era a cor de um pai morrendo.

Dias antes da morte do pai, ela percebeu que todas as lembranças que tinha dele estavam desaparecendo; todas as palavras uma vez ditas por ele se dissiparam. Ela pensou: Ah, *a vida é tão tola, não tem qualquer significado, nada que fazemos permanece, qual é o sentido de viver?*

Nos últimos dias do pai, com ele inconsciente na maior parte do tempo e às vezes um pouco consciente, às vezes apertando a mão dela, ela se dava conta de como era valioso estar naquele quarto com ele, e desejou ter tido mais momentos como aquele, ou de tê-lo visitado mais, sem a expectativa das conversas, só para ficar sentada ao seu lado. Então compreendeu o quanto aquilo era importante para ele, só agora entendia o valor que tinha, e como deve ter sido solitário para ele a infrequência desses momentos, tudo que ela mais queria agora, e que nunca mais voltariam a compartilhar.

Controla sua cabeça, disse a si mesma, repreendendo-se com seriedade, durantes as horas e dias finais. Ela sabia que a morte do pai lhe remetia ao futuro, e ansiava por um futuro suportável. *Controla sua cabeça,* repetiu, para que não se emburacasse em recriminação e desespero. Quais palavras passaram pela cabeça dela enquanto estava deitada ao lado dele nos dias que lhe restavam? *Nada é bom ou ruim, quem determina é o pensamento.*

Na semana em que seu pai estava morrendo, só parecia-lhe importar a arte e a literatura. Pois enquanto as pessoas morriam, a alma dos grandes artistas permanecia; todas as suas obras permaneceriam, então eram as únicas pessoas que poderíamos ter para sempre. A arte nunca nos abandonaria, como um pai ao morrer. De certo modo, sempre sobreviveria. Os artistas sempre se revelaram na arte, não no mundo, para que os humanos pudessem ir ao encontro deles para sempre. As pessoas sempre podiam voltar a seus livros e encontrá-los lá dentro, aquelas almas em brasa, as palavras ainda resplandecentes como no dia em que foram escritas. Mira adorava os artistas! Louvava os livros, ali deitada ao lado do pai moribundo. Percebeu a grandiosidade da arte ali, deitada na cama do pai, e a fidelidade da arte; percebeu a tamanha lealdade de um livro, a força imensa de um livro, um lugar seguro para se estar, para além do mundo, a salvo dentro de um mundo que nunca esmaeceria, mesmo passando por guerras, massacres e inundações — poderia sobreviver à história da humanidade, e a integridade vital de um livro permaneceria inabalável. Um escritor poderia suspender sua alma na linguagem e assim transformar a alma de todos os escritores em gotículas de óleo, pairadas no mar da vida. Não dava para ver a água, mas dava para ver as gotas, circulozinhos transparentes, flutuantes, totais. Estar viva num mundo pelo qual seus escritores amados haviam passado e escrito coisas tão belas — significava que havia algo de real a ser encontrado nesse mundo. A arte era a coisa mais importante para ela, mas seu pai também era importante, embora só agora compreenda o porquê de não ter sido a filha que ele desejava que ela fosse; porque a arte significava tão mais para ela do que qualquer outro ser humano, significava mais para ela do que o pai. O amor que sentia por ele era imenso, mas o amor que sentia pelos livros era maior. Ele sabia disso? Uma vez a chamou de egoísta. Ela sabia que tinha amado mais o pai do que outras pessoas tinham amado os seus. Mas havia algo que amava mais que o pai. Algo que nunca tinham visto ou conseguiriam compreender. Ela não sabia disso até ver o pai ali deitado, morrendo. Aí, deitada com ele na cama, o braço dela sobre o peito dele, os altos e baixos dos dias restantes, olhando para suas estantes de livros, para os seis volumes de memórias de Churchill, ela se deu conta de uma verdade fundamental sobre a natureza de seu amor, e que não havia nada abaixo dessa verdade fundamental.

O espírito dele era esperto como uma raposa — pela maneira sorrateira de raposa com que entrara no corpo dela. Às vezes consegue senti-lo dentro de si, se esgueirando. É um júbilo sentir o espírito dele dentro de seu próprio corpo, feito raposa juveníssima e rutilante. O espírito descansa quando quer, se movimenta quando quer, vive sua vidinha dentro dela. O pai havia lhe dado tantos presentes que ela não deveria ficar surpresa se assim prosseguisse, até na hora da morte. O pai havia se doado a ela ao longo de sua vida inteira, e sua doação ultrapassava a morte; é semelhante àquela fábula do homem pobre que tira um punhado de joias, esmeraldas e safiras de uma sacola vazia de linho. Como se tivessem extraído de seu corpo morto — uma sacola vazia — as estrelas mais luzidias e radiantes, todo o seu espírito.

Ela o segurava nos braços na hora da morte, e o calor que a inundava era o espírito do pai entrando em seu corpo e se espalhando pelos desvãos de sua escuridão íntima por meio de uma luz explosiva e infinita.

Mas ela não conhece as leis do mundo espiritual, então nunca vai conseguir explicar.

Nas semanas que se seguiram à morte do pai, ela recuperou a razão e voltou a si, mas não conseguia mais recriar o que havia acontecido para retornar fisicamente ao passado. Era impossível recordá-lo direito, o que significa que ela só conseguiria saber se o espírito dele havia entrado em seu corpo se alguma mudança tivesse acontecido.

Mas como saber se havia sofrido uma transformação ou se ela apenas queria tanto passar por uma transformação que, desde o acontecido, estava fingindo?

Porém, agora sente-se exatamente como sempre quis, como se todas as suas carências tivessem sido preenchidas, todas as zonas de remorso e todos os vazios espirituais. Todos os sofrimentos, as ignorâncias, as incapacidades mais profundas eliminadas, não restavam mais instruções ou lembretes para si mesma que a idade ou aprendizado pudessem restaurar — o espírito do pai havia tomado esses espaços vazios feito água que preenche um copo meio vazio ou uma mesa inteira de copos meio vazios. Por quê? Das duas uma: era o último presente que o pai, em toda sua generosidade, havia lhe dado, ou quem sabe esse tenha sempre sido o desejo do universo, ocupar e preencher sua vida com o acréscimo do espírito do pai, e trazendo consigo todos os dons e a sabedoria que lhe faltavam.

Os dons da paciência, do entendimento e do desprendimento.

O dom do silêncio, da irrelevância e da alegria.

No dia da morte ou no dia seguinte à morte, ela viu caírem do céu as primeiras pitadas de neve. Até então, nunca sentira tamanho silêncio em seu pensamento ou em sua alma. Estava alheia à movimentação do mundo. Não se sentia competindo com ninguém.

Mas havia muito o que sentir, do lado de fora; o hálito frio do universo bafejando seu rosto e pescoço. Sempre preferiu ficar em casa, mas, depois da partida do pai, ela prefere sair porque precisa de companhia. Precisa do sopro do universo porque nunca mais sentirá a respiração de seu pai. No entanto, fora de casa, podia sentir todas as coisas respirando, e a respiração do mundo inteiro é a respiração de seu pai — se é que tal coisa existe, um pai.

Tem lá suas dúvidas. Acha que não passou de ilusão, que sempre lhe disseram, *Este é seu pai*. Pois agora que seu pai se foi, só restaram essas palavras; afinal se ela pode agora existir sem um pai, sempre poderia ter existido sem pai — ela não é a filha dele, só matéria impregnada de espírito, e por isso está viva. Se pode existir sem o pai, talvez sempre tenha existido sem ele; ela não precisava de um pai nem de uma mãe para estar viva. Bastava que o espírito soprasse através de sua carne. Assim, a relação que temos com as outras pessoas é diferente do que é para nós. É a relação que temos com o espírito que nos mantém vivos. As nuvens não têm pai, no entanto estão vivas. As árvores não têm pai nem mãe, mas vivem tanto quanto nós.

A vida correu ao encontro dela depois que o pai morreu, como um lembrete de que não pode haver menos vida, de que ninguém pode ser privado da vida, de que a vida é o viver infinito e eterno, mesmo que seu pai esteja morto.

Às vezes, exceto quando está fumando, ela ainda consegue sentir o espírito do pai dentro de seu corpo, fulgurando como as estrelas brilhantíssimas que vivem em seu peito. E ela sabe tudo o que as detém ou emudece. A solidão põe essas estrelas para dançar. Na privacidade total, elas dançam de alegria.

~

Se o espírito de um pai pode se mudar para o corpo de uma filha, é algo que talvez esteja acontecendo em toda a parte, espíritos que entram em outros corpos quando uma pessoa morre. Portanto sempre há a possibilidade de um segundo rascunho para a vida humana, porque ela é rotativa, descola-se do morrediço e cola-se ao vivaz. Sempre existe uma nova oportunidade de viver, de renascer numa segunda vida, para o espírito e para as pessoas.

Seu espírito vai irromper no corpo de quem quando ela morrer — ou de ninguém? Mas ela não se importa se for qualquer pessoa. Quando o espírito do pai irrompeu no corpo dela, fez uma pausa no ar que dividiam e foi purificado, e o que penetrou seu corpo foi o amor mais puro e o júbilo. Foi isso que o universo ejaculou em suas células mais profundas, ou no que é mais profundo que as células.

Agora caminhando na rua, suas mãos tremem, seu coração treme e estremece, há tremor e estremecimento em seu peito e em seu coração, o mundo inteiro respira sobre ela, e ela nunca soube que tudo estava tão vivo. Nunca soube que ao longo de toda sua vida transitava no espírito de tudo, e que o mundo inteiro — árvores e ventos e folhas e o ar — estavam tão vivos quanto seu pai estava. Pois sempre esteve tão consciente da vida do pai que nunca tinha tido a consciência do quão vivo estava o resto. Havia passado muito tempo olhando para ele. A vida inteira o vento soprando-lhe as bochechas e ela nunca tinha reparado. Não compreendia que o espírito que dava ânimo ao corpo do pai animava o corpo de tudo que existe. As árvores e o céu não eram meros panos de fundo da vida, eram igualmente vida. Pensou, *Eu sou filha de tudo*, em seguida pensou, *Não, não sou filha de nada. Não existem filhas em nenhum lugar da terra.*

Depois que o espírito dele entrou no corpo dela, algumas coisas pareciam aterrorizantes, repulsivas até: cigarros, aquele vidrinho com óleo de maconha, o álcool, menos que o cigarro, mas o álcool também lhe parecia abominável. Tantas coisas lhe pareciam aterrorizantes, ofensivas ao novo espírito que lhe habitava, e o efeito das drogas tendia a reprimi-lo. Então ela passou a tomar café e ler os jornais, e às vezes fumava um cigarro, mas sentia que essas coisas sufocavam o espírito.

Naqueles primeiros sonhos em que seu pai voltava do mundo dos mortos, ela ficou com medo por ele e por ela. Também ficou chateada. No mundo daqueles primeiros sonhos, ela entendeu que a melhor e a única vantagem da morte é que ela era definitiva. O fato de não haver negociação com a morte era a misericórdia da própria morte, e o alívio.

Naqueles primeiros sonhos, seu pai voltava do mundo dos mortos para mostrar a ela que havia descoberto como voltar de lá; uma demonstração cheia de orgulho, tanto mais uma prova da estupidez das outras pessoas que nem chegaram a tentar voltar depois da morte. Elas seguiam as convenções — na morte assim como na vida — ao passo que ele, que sempre as desafiara, voltara à vida para mostrar a ela que eram apenas as normas sociais que mantinham as pessoas em seus túmulos.

Ficou assustada com essa revelação. *Ele não sabia que havia sido cremado?* Talvez ela não compreendesse o que era a cremação.

Não sabia como lidar com o pai naqueles sonhos. Percebeu

que ele estava cometendo um erro e temeu que a segunda morte fosse pior que a primeira. Sabia que era de sua responsabilidade dizer a ele que estava morto, mas ele acreditaria nela? Ficaria zangado? Ele, que se recusava a agir como um adulto em vida — que insistira a vida inteira ainda ser uma criança — nunca poderia ser convencido a agir como morto. Teria ficado assustado com o modo convencional de agir da filha; desejando que ele se comportasse como os outros humanos, e morresse.

No primeiro rascunho de vida que dividiram, sempre houve um puxa-empurra entre eles, uma proximidade e o desejo de se livrarem dessa proximidade, ambos sempre incapazes de reparar nos desconfortos da proximidade e do distanciamento, ou compreender que o distanciamento era a melhor opção. Mas agora dividiam um só corpo, o dela. Ou dividiram, por um tempinho. Ela havia sentido o espírito dele ejacular dentro dela, como se o universo inteiro entrasse em seu corpo, e se espalhasse por todo ele, assim como o esperma se espalha por dentro, aquela sensação quente e mordaz. Mas essa sensação era ainda mais quente, tanto mais se espalhava por todo seu corpo, e a paz depois de um orgasmo não se comparava à paz que pairou sobre ela depois da morte dele. E a paz que pairou sobre ela foi soberana. Não há paz mais soberana que a morte. É o fim de uma história e o fim de um ser. Para os vivos, as histórias dos mortos nunca acabam. O conflito prossegue depois da morte, sempre há problemas entre as pessoas, mesmo quando não há conflito, os problemas persistem. Estar vivo é um problema que não se resolve vivendo. O *eu* sempre entra em rebuliço, como as folhas das árvores. As folhas tremem e estremecem, assim como nós. Uma pessoa é incapaz de interromper seu tremor e estremecimento, que compõem a essência da vida humana. Mas nenhum perigo é iminente aos mortos. Os problemas que tinham com as pessoas estão superados.

Ela não tinha se dado tempo para determinar se o espírito do pai ainda está dentro dela, mas — *olha ele! Ela sente! Ascendente em seu peito!* Não havia partido, estava adormecido, dormente, à espera de um chamado! O espírito ainda desconhece os caminhos do corpo dela. Desconhece o lugar onde gostaria de ficar. Ela vai ter que dar uma ajudinha — parar de fumar e perscrutar seu peito, onde o espírito cresce, e está em ascendência. Quando o espírito sente que ela está em busca dele, manifesta-se em surto de alegria ao ser visto — do mesmo modo que seu pai manifestava alegria quando ela aparecia para uma visita ou telefonava. Ele sempre ficava felicíssimo em vê-la. Então o espírito dele fica igualmente feliz em estar por perto. Talvez o pai sempre a desejasse tão próxima porque este também era o desejo de seu espírito, pois dentro dela vivia um parente do espírito dele, mas que durante a vida foram mantidos em dois corpos separados. Então finalmente se reconciliaram.

Havia algo de errado com a entrada do espírito do pai no corpo dela depois da morte? Sentia-se mais oprimida do que nunca? Em vida, o pai sempre quisera unir-se a ela, e conseguiu enfim no momento da morte. Durante anos, seu desejo de proximidade havia sido um problema, mas na morte transformou-se num belo gesto. Vivo, havia dedicado a ela sua vida inteira, o que foi um problema. Morto, dedicou a ela o que ainda restava de sua vida, o gesto mais belo de todos.

Talvez só possamos nos doar com beleza total e simplicidade no momento de nossa morte, pois é a única doação que não exige recompensa. Uma vez que a pessoa está morta, não há meios de aceitar uma recompensa, mas na vida sempre há a esperança da recompensa. O pai queria doar-se a ela em vida da mesma forma que havia se doado na morte, com um altruísmo sem medidas. E assim o fez, se fez. E assim não o fez, desfez.

Talvez por isso Mira não goste de amar as pessoas. Talvez por isso não goste de ser amada. Só porque é amor significa que é obrigatório gostar? Tem que desejá-lo para sempre, só porque é amor? Talvez Mira não tenha coração. Talvez um coração tenha idas e vindas. Talvez seu coração a esteja protegendo da dor. Talvez só comece a operar mais tarde. Talvez seu coração esteja cansado há muito tempo, tenha se partido e foi abandonado à beira do caminho. Talvez um dia volte a sentir de novo. Talvez esteja privado de sentimentos. Qualquer coisa pode sofrer privações. Um pensamento pode ser privado das palavras.

Mais desnecessário é julgar o próprio coração, mas esta é sempre a primeira iniciativa tomada por cada um. Um coração se apressa para fazer um autojulgamento. Um coração deveria ter coisa mais importante para fazer. Mas um coração nunca tem.

No dia seguinte à morte do pai, Mira se viu capaz de abandonar a própria vida, de não se responsabilizar mais por ela, e não faria diferença. O pai abandonara a vida, ela também poderia abandonar a sua. Compreendeu, ao assistir à morte do pai, que não havia razão para ter medo de nada. Ela não precisava mais ter medo de viver ou de morrer. E o pai, que tinha amado viver, disse-lhe no leito de morte, *Nada disso tem importância*.

Ele havia batalhado por sua própria morte? Dava a impressão de intencionar pôr os pés na morte, como quem pisa numa poça d'água, devagar mas resoluto, sabendo que era o correto a ser feito. De certa forma, era a morte que ele buscava, então foi atrás dela, pôs os pés na morte até ficar completamente submerso e não conseguir voltar à superfície. Ela sabia que em algum momento a morte iria ao encontro dela, do mesmo jeito que o havia encontrado — mas que não havia motivos para temer, ou para se entristecer, afinal sempre haveria algo mais vasto a que se agarrar, algo mais vasto que uma filha amorosa. Ainda que agarrar-se aos braços do universo não absolva ninguém de *ser* os braços do universo. Então ela deveria temer se tornar sangue e impulsos nervosos a correrem nos braços de todo o universo?

~

Estava deitada enfim na cama do pai e o abraçava. Algo que nunca teria feito caso ele não estivesse morrendo — apenas deitada ali na mesma cama que ele, acalentando-o em seus braços. Todas as implicações da psicologia moderna a impediriam de fazer tal coisa, sequer de pensar que poderia querê-la. O pai tão solitário, que não tinha outra mulher além de Mira.

Então sentiu falta de estar ao lado dele, enquanto estava ali deitado, morrendo. De ouvi-lo respirar com dificuldade, de segurar suas mãos finas e luminosas. Deitada ao lado do pai, nos dias derradeiros, se obrigou a sentir o que era estar ao lado dele enquanto ainda estava vivo, pois sabia que era o fim daquele sentimento para sempre.

Queria ficar ali por semanas e meses. Naqueles dias, abandonou todas as outras pessoas, todas as coisas que importavam para ela. Achava que nunca mais voltariam a ter qualquer importância.

Dispôs-se apenas a ficar deitada ali ao lado do pai, era a coisa mais importante do mundo. Passou a ser um corpo ao lado de outro corpo. Enquanto o pai estava vivo, este ato não parecia ter importância. Por que não havia percebido isso antes?

Então o dia seguinte sempre vem, e o dia seguinte a ele. Mas a vida dela parecia ter se tornado um dia só, um só dia em que tanto se tem um pai como não se tem mais. Não há ninguém para quem telefonar, embora pense cem vezes por dia, *Tenho que ligar pro meu pai*. Não há mais ninguém para visitar, ninguém por quem fazer qualquer coisa.

Ser filha é um eterno pendor, ser metade. Deixar de ser filha é torna-se inteira, completa, uma esfera. Do interior de sua esfera, Mira consegue enxergar as outras pessoas com mais clareza do que antes. As pessoas lhe parecem mais ternas. Não porque sabe que elas vão morrer, mas porque agora tem mais tempo e capacidade para enxergá-las, tempo que não tinha antes, quando era uma filha, e tinha um pai, e olhava para fora de sua esfera. As outras pessoas sempre eram pano de fundo de seu pai. Não eram tão importantes quanto ele. Não precisavam tanto dela quanto ele precisava. Agora que não tem mais pai, olha para as outras pessoas como se fosse a primeira vez. Não são só o que *não é seu pai* — nem ela sabia que não eram na época.

Passou semanas na cama, horas e horas, só brincando de *jewel game* no celular. O jogo era fácil e bonito, e ela achava que se saía muito bem nele. Toda vez que jogava, pensava, *Depois dessa partida você vai largar o celular e fazer outra coisa*, mas nunca largava o celular nem arrumava outra coisa para fazer. Continuava brincando de *jewel game*. Pensava, *Tudo bem, deixa pra lá, você não vai jogar o jewel game para sempre*. Mas e se ela *jogasse* o *jewel game* para sempre?

Repassava toda sua vida enquanto empilhava joias sobre joias. Repassava sua vida lentamente. Sentia que seu cérebro ficava lento, nítido e concentrado. A organização das joias deixava a parte nervosa de seu cérebro a salvo, e em seu lugar deixava a sensação agradável de ter feito um bom trabalho de recolhimento das joias. Sentia-se dar ordem ao universo enquanto as joias sumiam. Enquanto recolhia as joias, pensava: *Será que já chegou a hora de fazer parte do mundo?*

Que mundo? Afinal de contas era justamente o mundo em que vivia. Sua cama era parte do mundo como qualquer outra coisa. O mundo era seu telefone, sua cama, suas joias. O mundo era ela no mundo interagindo com essas coisas. De que jeito poderia se tornar *mais* parte do mundo? Então recolheu as joias na certeza de que não tinha mais aonde ir.

Certa tarde, parou de se lamentar e atendeu ao telefone, ficou conversando com seu tio durante meia hora. O cachorrão da menina que morava com ela dormia no sofá, e Mira estava deitada em cima dele. Quando desligou a ligação, se recostou no cachorro e descansou o rosto nas costas dele, e ficou surpresa ao perceber que o pelo estava todo encharcado com suas lágrimas.

Ela não sabe dizer por que passou tanto tempo da vida pensando em coisas tão banais, ou perdendo tempo em sites quando do outro lado da janela havia um céu que não era banal. Havia sido um erro não perceber que o céu era mais valioso do que um site? Havia uma época em que as pessoas valorizavam o céu, mas só porque não havia nada melhor — porque os sites não existiam. Era difícil saber discernir o certo: se o céu era mais valioso que um site, ou se um site era mais valioso que o céu. Se tivesse somado a quantidade de tempo que passava olhando sites e a quantidade de tempo perdida olhando para o céu, sua vida responderia de pronto o que era mais valioso, ao menos para ela.

Ela e o pai nunca mais vão dividir a visão de uma tela de cinema, e pensar que nunca mais vai ao cinema com ele acentua sua ausência, torna-a insuportável, como se já tivessem feito isso várias vezes, como se fosse o programa favorito deles. Era ou não era? Talvez fosse.

Na época ela não percebeu, mas agora tinha certeza, era o

programa favorito deles. E por que não foram ao cinema mais vezes? Provavelmente porque nem sempre estava passando um filme bom. Provavelmente ela estava "ocupada".

Ela achava que quando uma pessoa morria, era como se fosse para um cômodo diferente. Ela não sabia que a própria vida se transformava num cômodo diferente, e os vivos ficavam trancados nesse cômodo sem a pessoa que morreu.

Ela queria que o pai soubesse o quanto ela se sentia mal. Ela não queria superar a dor. Não queria ter forças para fazer diferente. Não compreendia qual a razão de fazer as coisas de um jeito melhor num mundo que parecia desprovido de qualquer indicação, direção, sentido. Fazer as coisas de um jeito melhor visando a quem ou o quê? A *si própria?* Não se importava consigo mesma. Ao pai, que não estava mais presente? Aos vivos? Achava que os mortos precisavam de nosso amor, gostaria de ser leal aos mortos, que os mortos eram os que mais precisavam dela. Os vivos sabiam se cuidar, ir ao mercado num dia de sol a pino. Era preciso agarrar-se aos mortos, para que não escapassem. Quem mais salvaria os mortos do esquecimento senão nós, os vivos? Ela teria que se agarrar ao pai para sempre, para que ele não escapasse.

Naquele inverno, andando pela vizinhança, ela avistou as lampadinhas dos pisca-piscas de Natal — vermelho e verde, branco, azul, roxo e amarelo — que pontilhavam as varandas e circundavam as árvores dos jardins da maioria dos vizinhos. Cintilavam como as mais belas estrelas, só por meio do brilho de suas luzes humildes, os fios embolados e tronchos, tudo em plástico — tão óbvios —, mas cintilavam feito as almas das pessoas mortas há muito tempo. O simples fato de humanos sentirem vontade de enfeitar uma árvore com luzes no Natal a fez pensar que a percepção comum a um outro reino ainda não estava tão distante de nós; que os humanos ainda sentiam alguma coisa, que ainda havia coisas a honrar. As pessoas queriam se animar e queriam animar os vizinhos com aqueles enfeitezinhos bobos — o que para ela, no inverno da morte da seu pai, teve muito significado. Ela andava pela vizinhança e sentia um nó na garganta de tanta gratidão por aquelas alminhas brilhantes que enfeitavam as árvores e as varandas cabisbaixas. Os humanos sabiam! Eles ainda se lembravam! Esses pisca-piscas entoavam nosso conhecimento de outro mundo, um mundo que deixamos para trás deste, o mundo do espírito. Ninguém estava pensando nisso, mas intuíam. Os humanos não tinham se desfeito do que havia de mais belo; nosso senso minúsculo e vacilante do oculto, do magnífico, do divino. Ninguém disse isso, mas estava arraigado em seu coração, repousado. Essas luzinhas, penduradas nas árvores, eram a prova. Sabíamos tão pouco sobre quem éramos, ou o que estávamos fazendo aqui, mas esse pequeno gesto falava com gentileza a partir de nosso desconhecimento, de nossa esperança, de nosso senso de vínculo com algo que é compartilhado em todos os cantos do universo — justo este nosso desconhecimento, tão magnífico, vertiginosamente profundo. Aquelas luzinhas foram seu porto mais seguro naqueles meses de inverno, quando seu coração estava desamparado. Eram a única coisa que lhe trazia aconchego. *Sempre achei um enfeite cafona*, disse uma mulher numa festa. *Ah, sim, com certeza*, respondeu, *eu também*. Mas queria explicar que enfim entendia por que existiam, e que através daquela cafonice conseguia enxergar sua magnificência. Mas como poderia se fazer entender? Dizer que as pessoas haviam pendurado aquelas almas brilhantes, radiosas e coloridas em cada árvore e em cada varanda; e que as luzes lhe asseguravam de que as pessoas sabiam que ao nosso redor, no ar e nas árvores, flutuavam as almas coloridas e radiantes dos mortos. Esses pontinhos cintilantes e radiosos de luz brilhando na escuridão eram todos os seus ancestrais, e agora seu próprio pai, também todas as pessoas que um dia nasceram e morreram. E que penduramos esses emblemas deles nas nossas casas em honra ao entendimento que temos de sua vida e morte, e que é um alívio tê-los brilhando por perto, junto de nós para sempre.

Só uma vez na vida, deitada ao lado do pai moribundo, ela esteve presente de fato, e não imaginando estar num outro lugar em que gostaria de estar. Aí, quando o espírito do pai entrou em seu corpo, parecia viver pela primeira vez na vida uma experiência real, já que não era algo que ela tinha inventado ou ido atrás.

E ela sabia que se tivesse que escolher um momento eterno, seria esse o momento escolhido, e todo o resto poderia desaparecer.

TRÊS

Décadas atrás, num dia bonito de verão, Mira se sentou com o pai debaixo de uma velha árvore ensopada e foi aquecida pela luz do sol. O que esperava encontrar se voltasse àquele lugar? Só um pouco de paz no coração. Ela queria saber se, estando lá, se sentiria de volta à vida, mas nenhum dos sentimentos bons e prévios que tinha retornaram enquanto lá estava, só o fracasso de não ter se acertado com o pai.

Ela dispensou seu coração. Descartou seu cérebro, braços, cabelos, pés; atirou-se de corpo inteiro na água, na esperança de que o lago tomasse seu corpo, a segurasse, salvasse, e a devolvesse renovada à margem. Não foi o que aconteceu.

~

Ela se aproximou da água, tirou a roupa e entrou. Estava gélida. Em outras épocas temera nadar no lago. Quando era criança, ouvira dizer que a água era poluída. Mas quando ficaram mais velhos, os adultos disseram que não estava nem nunca estivera poluído.

Talvez ela tenha passado por uma transformação quando a luz do sol iluminou a Terra feito bola de ouro, ou quem sabe as marés a arrastaram de volta à margem, sob um galho, em que parte de seu corpo se apoiou para emergir, se levantar, transformando-se numa folha de árvore.

Um dia, depois que o derretimento das calotas polares escoasse para o mar, o lago inundaria toda a cidade, que ficaria totalmente destruída, e qualquer pessoa que um dia fora sua amiga, e aquele tronco, essa folha, e tudo que há.

~

Ela se transformou na folha de uma árvore à beira do lago, no local onde havia uma aleia de arvorezinhas, próximas à areia. O tronco sob seu corpo havia se quebrado numa tempestade e, depois de arrastado, alojara-se no fundo do lago — muito velho, encharcado, enfim seco; era usado como banco por muitas pessoas, e serviria de banco por anos.

Foi nesse tronco que ela se sentara com o pai, a quem amara talvez mais do que a qualquer outra pessoa. Ali ficaram olhando para o lago, para as torres do condomínio que estava sendo construído. Mas na primeira vez que se sentaram ali na beira, nenhuma torre havia sido construída. Naquela época, muito tempo atrás, às margens do lago não havia nada além de algas-marinhas e garrafas de refrigerante atiradas na areia.

~

Assim que entrou na folha, percebeu que havia cometido um erro. Quis ir para um lugar melhor, mas seu espírito estava aprisionado em uma folha. O simples fato de caber dentro de uma folha a fez pensar na pequenez de seu espírito, ao passo que, durante a vida, sempre tivera certeza de que seu espírito era imenso.

Estava presa na folha, mas em seu íntimo persistia a consciência de que algo havia dado errado. Lá embaixo, sob ela, as pessoas passeavam, e essas pessoas não olhavam para uma folha. Mesmo que tivessem olhado, ela teria conseguido transmitir seu recado? Não conseguia se comunicar com as outras folhas. Outros espíritos estavam presos nelas também? Estava tão solitária dentro da folha quanto havia estado quando era gente, em qualquer parte.

Logo não conseguia mais se lembrar dos problemas que tinha na vida. O que a deixara tão triste e culpada para que a solução fosse entrar numa folha? Depois veio a frustração de não ter pernas, de não poder sair de sua nova vida, dessa nova posição no universo. Agora não tinha mais nada a fazer além de transformar a luz do sol em alimento, e até essa tarefa era pouco divertida.

Presume-se que uma pessoa tenha um desejo secreto de chegar aonde queira. Ela também tinha um desejo secreto, mas era tão secreto a ponto de desconhecer as palavras de que era formado; conhecia só a sensação. O desejo secreto virou *folha*. Tudo que sempre desejara resumira-se à *folha*, e ela nunca havia desconfiado.

Sendo folha, enfim compreendeu suas novas dimensões, e logo se adaptou a elas como nunca havia se adaptado às suas próprias dimensões em vida. Seu problema sempre havia sido querer ser maior, mas nunca soube como. Não conseguia se adaptar ao seu tamanho. Nem sabia ao certo qual era seu tamanho. Mas ali, sob o sol dourado, finalmente descobriu: o tamanho de uma folha. Se alguém tivesse lhe dito isso quando era criança, poderia ter se adaptado e levado uma vida simples, de poucos esforços, e ter sido feliz, em vez de alimentar as esperanças de ir para a escola. Mas o amor do pai sempre a fizera pensar que era uma grande pessoa, tão imensa quanto o universo, e que outros também deviam ter essa percepção. O que havia conseguido com toda a ambição que tinha de provar que as crenças dele sobre ela eram corretas?

Em vez disso, ela poderia ter escolhido uma pessoa para amar e dividir a vida com simplicidade, alguém que também fosse do tamanho de uma folha, não da orla. Talvez esse tenha sido seu primeiro erro: achar que poderia ser do tamanho da orla, e permitir que o pai também tivesse a mesma esperança, em vez de lhe dizer que *não*. O pai se entusiasmava tanto ao encorajá-la em sua convicção de que ela era ou poderia ser do tamanho da orla. Havia gastado tanta energia com ela, e o que recebera em troca? Caíra no mundo sem ele, crente de que poderia alcançar o mundo, porém chegando a uma distância esquisita dessa pessoa que tanto amava. Se ela soubesse que era do tamanho de uma folha, não teria se afligido com tantas ambições. Teria feito o possível para continuar sendo pequena.

Ela nunca soube que as plantas eram as gratas receptoras de toda consciência — não só das pessoas, mas dos caramujos e esquilos, do sol e da chuva; que a generosidade das plantas as tornava tão exuberantes e viçosas, a cor própria do acolhimento. Será que todas as árvores viviam salpicadas da consciência dos caramujos e dos esquilos, das pessoas e das abelhas? E o que vai acontecer com elas no outono? E com ela, será que vai morrer? Não, talvez se refugie no tronco da árvore. Talvez seja essa a explicação da magnificência das árvores: por mais generosas e receptivas que sejam suas folhas, o tronco é ainda mais receptivo. Acolhe tudo. Em seguida a árvore a deixará escapulir mais uma vez e voltar a brotar por entre seus galhos na primavera. E se a árvore for cortada? Talvez ela se mude para a árvore vizinha, depois para outra da vizinhança, e prossiga assim — rumo ao solo ou ao que restar; partículas de um sol distante.

O pai está com ela nessa folha? Isto é, o espírito dele — está aqui com ela na folha? Ela e o pai estão juntos dentro da folha ou ela está sozinha? Tendo o espírito dele entrado no corpo dela na hora da morte, uniu-se ao dela para sempre, ou deixou seu corpo logo depois que entrou?

Ela consegue identificar o pai nessa folha? Sim, consegue. *Pai, você está aí? Se está, pode me responder?*

O pai responde: ele está presente. Mas não quer conversar. A paz dele é maior que a dela. Paz na verdade significa não falar nada. Será que ele gostaria de voltar à vida? Ele gostava de viver, adorava a vida, mas acabou, tudo bem. Ele não quer voltar à vida. Ele não tem mais nada para viver. Ele gosta daqui — da tranquilidade. Sua vida de humano era repleta de problemas, assim como toda vida humana — os problemas do corpo, e das pessoas que são um pé no saco. Quem precisa disso? Ela precisa. Acha que ainda precisa. *Pai, você vai voltar comigo?* O pai é gentil, mas não quer voltar. Deseja para ela o que há de melhor, se for a escolha dela voltar. Ela quer voltar? Quer. Ela quer retomar sua vida humana. Quer recomeçar. Quer ser o bebê de alguém.

O pai diz que as coisas não funcionam assim. A não ser que um bebê nasça debaixo de uma árvore. E se for um bebê que passeia debaixo da árvore, dormindo e sendo empurrado no carrinho? Ela não pode entrar nesse bebê? *Pode sim*, responde o pai, *acho que pode. Mas não deveria.*

Ela sabe que não.

Não entre num bebê, sugere o pai. Ela sabe que ele tem razão.

É necessária certa disciplina para estar morto. Ela nunca teve muita disciplina. O pai, dentro da folha, demonstra ser muito disciplinado, ou talvez só não queira voltar à vida.

~

Pai, você precisa mesmo que eu fique aqui nesta folha com você?
Ele responde que não.
Então por que vim parar aqui? Por que cheguei a esse ponto?
Ele não responde. Estava morto quando ela fez isso. A culpa não foi dele.

No começo, seu pai queria ficar quieto, sem preocupações, seguro e alheio. Dividiam a mesma folha e nada mais. Haviam se descoberto lá dentro, mas a descoberta parava por aí. Tratava-se de mera presença, um equilíbrio, e a sensação de estarem próximos. Era ponto pacífico, não carecia discussão.

Na vida, sempre deve-se levar em conta muitas coisas para demarcar uma proximidade entre duas pessoas. Mas dentro de uma folha, a lealdade não está em jogo, então não há desconfiança. E seguiam assim, dia após dia, juntos dentro da folha.

Sendo a mais inquieta, o tempo todo tentava puxar conversa. No começo, ele não dava muita confiança. Dizia uma coisinha à toa e permanecia tranquilo, não havia inflexão em sua voz, nenhuma mudança de tom. Não lembrava em nada a voz jovial do pai, era uma voz muito mais folhuda.

Ainda não consigo conceber o entrelaçamento. Você sabe o que entrelaçamento quer dizer? Não. Duas partículas que de certa forma se relacionam e — ah, claro. Inclusive à distância. Uma delas se modifica, em seguida a outra também se modifica. Ao mesmo tempo. Como pode? Não faz sentido. E como a informação circula entre elas? Acho que deve haver outro reino, o reino da razão ou da consciência, do qual fazem parte. Peraí, o que a razão tem a ver com isso? Não sei, o que a razão tem a ver com isso? Nada, porque os cérebros não existiam quando o universo surgiu. Não sabemos. A consciência é um grande mistério, e ninguém entende como pode ser oriunda de um cérebro. Não? Não, só que o cérebro existe, e que o impulso de um cérebro mantém o coração bombeando, mas as pessoas não compreendem o que é a autoconsciência. Mas porque não entendem não significa que é complicado. Não estou dizendo que é complicado, estou dizendo que é um mistério. Mas não acho que seja um mistério significativo. Porque você não se interessa pelo assunto, mas eu tenho mais interesse pelo mistério da consciência do que pelos primeiros instantes da criação do mundo. É mesmo? Mas os animais têm consciência, um cachorro tem consciência. É, e isso pra mim faz parte do mistério da consciência. Mas até um verme tem consciência. Justo, consegue tomar a decisão de que lado escolher para se virar. Até as células possuem algo semelhante ao livre-arbítrio, e os organismos unicelulares também têm que decidir que caminho vão tomar. Exatamente. Dentro do corpo também há os macrófagos e outras coisas que precisam tomar suas próprias decisões, e podem decidir acabar com a vida de alguém. Pois é, há uma certa vaidade em achar-se o único responsável pela decisão, ou que tomar boas decisões pode manter alguém vivo, afinal nossas células também tomam decisões. Com certeza, eu acho que as pessoas têm que aproveitar a vida em vez de ficar pensando se vão viver até os noventa e um ou noventa e dois anos. Concordo, não faz diferença para ninguém. Eu tenho uma premissa básica que diz que, na vida, vive-se eternamente, afinal quando uma pessoa morre, ela não sabe que está morta, então de certo modo permanece viva para sempre, o lance é não se preocupar tanto consigo mesmo. As únicas pessoas dignas de preocupação são as que deixamos para trás e que podem precisar de nós. É, as pessoas que têm filhos pequenos, por exemplo. E fora isso? Olha, cento e cinquenta mil pessoas morrem por dia no mundo. É um número significativo, mas a vida continua. Não é uma tragédia, então não é digna de preocupação. Verdade, mas então qual é a alternativa? Não há alternativas. Então eu que te pergunto, há alternativa? O que esses programadores pretendem? Baixar o cérebro das pessoas num computador e transformar num programa? Aí eles aparecem e desligam a pessoa, sei lá? É, parece um filme de terror. Eu me recuso a acreditar que as pessoas desejem isso. Mas é que não entendem o fato de que todas as pessoas vivem eternamente e que, quando morrem, não há arrependimento. Ninguém fica lá de cima dizendo, *Pô, cara, queria tanto bater uma pelada, sacanagem não poder mais bater uma pelada.* Total, não faz sentido. E ainda dizem que o cristianismo resolveu essa questão porque nele as pessoas têm vida eterna, mas também podem arder no inferno para sempre, e isso é muito sinistro. Ainda mais a vida eterna, imagina? Quem ia querer viver eternamente? Imagina ter que viver e reviver sem fim, ou ser um fazendeiro durante mil anos? Como assim, ser fazendeiro ao longo de mil anos? Digamos que uma pessoa consiga viver mil anos. Mas por que um fazendeiro? Ah, se a pessoa for um fazendeiro, mas tanto faz, pode ser um professor, mecânico, cozinheiro. Por que as pessoas ainda gostariam de viver mil anos? Para ver fotos de coisas que não tem nada a ver com a vida deles? Que diferença faz? Ou para ter duzentos amigos? Para receber cem ou duzentas informações no feed todos os dias? Imagina viver essa vida por mil anos?

Então havia conseguido escutá-lo como antes, com a animação natural que o caracterizara em vida como seu amado e jovial pai. Conseguira fazê-lo falar! Uma certa timidez a tinha impedido de conseguir tal proeza nos primeiros dias e semanas de folha ao lado dele. O pai assumira uma espécie de majestade ou magnificência por ter morrido antes dela. Agora ele se relacionava com algo mais grandioso, antes havia se dedicado sobretudo a ela.

Ela percebeu quanto tempo o pai levou para revelar que a paz da morte era algo que ele sabia habitar com simplicidade, uma paz sem ânsias.

~

Mas um prazer exultante o despertou de sua paz, o de tê-la de volta, junto dele.

Dentro de uma folha, uma conversa não precisa de bocas. Para que haja uma conversa dois corpos não são necessários. Conversa-se por meio de um só veio, de uma polpa comum. Uma folha é capaz de conter dois cérebros e dois pontos de vista.

Como despertar um pai de seu descanso eterno? Ela só precisou dizer as bobagens que o incomodavam ao longo de sua vida humana. Tornou-se impossível para ele evitar que ela dissesse as coisas que uma vez achara tão irracionais. Então ela conseguiu fazê-lo esquecer a paz justa, e a dar meia-volta.

Você sabe que, se de repente voltássemos dois mil anos no tempo, não haveria nada que pudéssemos fazer para acelerar o andamento das coisas. Eu não sei criar uma máquina a vapor. Não teríamos qualquer serventia como viajantes do tempo. Dois inúteis. Eu sei, eu sei. É por isso que todas as pessoas deveriam ter conhecimento suficiente para o caso de voltarem mil anos no tempo e só aí poderem abreviar a história. Seria muito deprimente voltar sem ter habilidades proveitosas. Sei bem pouco de química, sei bem pouco de tudo, não sei construir um avião, não sei construir um carro. Quase ninguém sabe. Né? Nós dois não conseguiríamos. Mas veja bem, algumas pessoas conseguiriam. Mas eu nem sei como fundir o ferro. Onde podemos achar ferro? Como se faz uma fundição? As pessoas faziam isso dois, três mil anos a.C. O primeiro metal de que dispunham era o cobre. Bastava farejar e lá estava o cobre. Em seguida o bronze, feito de cobre e estanho, caso não saiba. E sabe onde descobriram o estanho? Na Inglaterra. Então se eu volto mil anos no tempo, vou direto para a Inglaterra descobrir o estanho. Aí Creta se tornou uma grande potência porque descobriram como se fazia bronze. E qual é a grande coisa de produzir bronze? É um metal mais duro, útil na criação de armas mais potentes. Certo, certo, acho que essa foi a Idade do Bronze. Depois veio a Idade do Ferro, quando descobriram o ferro e aprenderam a fundir o ferro, mas precisava ser feito sob altas temperaturas. Me pergunto se eles sabiam que estavam na Idade do Ferro. Não sabiam nem que estavam na Idade do Bronze, chamavam de tempos modernos. Eu sei que não chamavam de Idade do Bronze. Um ser humano precisa comer, construir um abrigo, se vestir. É bastante difícil fazer essas coisas sem as ferramentas necessárias. Não é ótimo não ter mãos? É, é um alívio. Quando se tem mãos, pensa-se que deveria fazer alguma coisa com elas, e que precisa o tempo todo fazer alguma coisa. Era assim que me sentia quando tinha duas mãos. O melhor de não ter mãos é não se sentir requisitado. Você gosta? Gosto. Eu não me dava conta de que o corpo é o criador das urgências. Quando se tem membros, as pessoas te obrigam a usá-los. E qual é a parte do corpo que nos faz querer amar sem ser amado? Não dê atenção para isso. Então a que deveria dar atenção? Na probabilidade que para qualquer pessoa estar viva é uma em um trilhão, então há quase zero chances de você estar aqui. Mas digamos que há oito bilhões de pessoas no mundo, então esses oito bilhões de pessoas ganharam na loteria. E o pior é que ninguém percebe! Não se dão conta da rara oportunidade que têm de observar este universo, veja que espantoso este universo, e se os humanos não tivessem evoluído até aqui, não fariam a menor ideia de que viviam num lugar tão lindo. Sabia que descobriram uma bactéria que pode prolongar a vida em vinte e cinco porcento? Uau! Testaram nos ratos. Ratos? Por que os ratos são tão sortudos? Por que as pessoas se preocupam tanto com os ratos? Nunca vou compreender.

A superfície do lago formava um gigantesco olho d'água a captar o céu e as nuvens e todas as pessoas que caminhavam ao longo do calçadão e margeavam a orla. Mas as pessoas não percebiam que o lago era um olho d'água aberto. Mira notava que vinham até aqui em busca de privacidade, mas esqueciam que eram vistos à beira do lago.

~

Lindos dias aqueles em que ela e o pai viviam dentro da folha! A paz indolente do lago durante a noite os acalmava e embalavam seus sonhos; e os sonhos que ela tinha na folha eram diferentes de todos que tivera quando era humana, posto que se originavam na árvore e retornavam à arvore, percorrendo seus veios.

E os livros de sua estante e os da estante do pai? Mira recorda que tinham livros, mas não se lembrava dos nomes. Todas as leituras que haviam feito na esperança de se transportar, deslocamento que veio enfim com a morte e que lhes proporcionou o que esperavam da leitura, ao passo que a temiam como vulto da morte — e ao mesmo tempo ansiavam pela morte na leitura!

Você pode filosofar à vontade sobre Deus, mas a filosofia não o torna real. Eu sei, tudo que estou tentando dizer é que caso queira ter uma imagem verdadeira de Deus na cabeça, é necessário que reconheça que não se pode ter uma imagem verdadeira dele. Claro que não! É claro que não se pode ter uma imagem verdadeira de algo que não existe. A não ser que você *acreditasse* que Deus existia. Então você pode acreditar em tudo que quer, porque se acredita em Deus, Deus é algo que pode fazer ou ser o que se queira, então pode ser um milhão de coisas, pode ser diferente para cada pessoa. E isto não o torna real; pode torná-lo mais real, assim como as impressões digitais de cada corpo humano são diferentes, ou o modo singular de funcionamento dos nossos músculos — mas isso faz de uma impressão digital ou do funcionamento de nossos músculos algo irreal? Veja bem, é contrário às leis da natureza. Dizem que Deus criou o universo, mas como pode fazê-lo sem um ser de carne e osso? — é uma pergunta básica. Para que a ação exista é necessário um ser de carne e osso. Mas as células estão em ação e você não consegue ver as células, os átomos estão em ação e você não consegue ver os átomos. Sim, você consegue, só que por meio de um microscópio. Mas antes do microscópio não podíamos. Eu sei, e daí? Resumindo, o que estou querendo dizer é que talvez ainda não tenhamos tecnologia para ver Deus. Não! Bem, é que antes não tínhamos tecnologia para ver células ou átomos. Mas os humanos tinham uma suspeita de que, antes que pudéssemos vê-los, essas coisas já existiam, e que as coisas pequenas constituíam as grandes. Só que os humanos não tinham como provar, também sempre tiveram uma noção de Deus. É preciso admitir, não entendemos como o universo funciona de fato. Concordo, não sabemos o que é a energia escura, não sabemos o que é a matéria escura, e esta constitui oitenta por cento do universo. Exato, o tempo todo estamos descobrindo coisas. Eu sei, mas essas não são meros detalhes. Oitenta por cento do universo não é um detalhe! Eu sei, mas alguma hora vão acabar descobrindo, e quando descobrirem vai fazer sentido, porque as coisas fazem sentido. Mas o que estou dizendo é que talvez o caso não seja de que existam *coisas* que não sabemos, e sim que nossas mentes não sejam tão perspicazes para *sabê-las*. Deixa disso. Ou vai ver Deus existe, mas nós o concebemos de maneira errônea, e por isso não conseguimos alcançá-lo. Você está falando sério ou é só provocação? Não, não é provocação. Você está falando sério então. Não sei, não tenho mil por cento da certeza que você tem, por que não acho que o método científico seja a única maneira de provar que algo é real. Não? E qual você acha que é a maneira de provar que algo é real? A imaginação. Imaginação não prova nada! Sei lá, acho só que nem tudo tem uma explicação lógica. Olha, há de ter uma explicação lógica ou uma explicação ilógica.

Então Annie sentou-se debaixo da árvore. Mira não sabia como ela tinha ido parar ali. Talvez por atração das forças da natureza, ou quem sabe tenha sido atraída por Mira. Deve ter achado o local sossegado, sob o amor de Mira que resplandecia sobre ela, e o amor de sabe mais quem estivesse ali dentro da árvore.

Mira ficou tão animada ao ver Annie ali! Queria contar-lhe tudo o que concebera. Um acontecimento monstruoso, e o que mais? Um acontecimento lindo. Uma festa que acontecia sem ser festa, e plantas onde não havia plantas. E que as plantas vão tomar conta de tudo, atravessando o concreto e subindo pelas paredes. As gavinhas das plantas e as gramíneas e as videiras vão revestir as piscinas vazias e forçar o concreto para abrir passagem ao verde, que trará a terra a reboque, e vai chover a cântaros e todos os edifícios vão desmoronar enfim. Para que todo nosso verde persevere, tantas estruturas conhecidas terão que desaparecer. As plantas vão dominar o segundo rascunho da vida numa lentidão sublime, de paz satisfeita. As plantas implacáveis vão abrir passagem às gentis, e nada haverá de implacável no segundo rascunho da vida. Elas vão adornar a Terra e todos os edifícios desmoronados e a existência como um todo. Flores roxas, as de perfume doce, rosas e flores amarelas, rosas amarelas e brancas. Toda a Terra será um jardim em flor, botões abrindo sob o sol e se fechando à luz da lua, e as plantas não se lembrarão de como as colhíamos no primeiro rascunho da vida. Os vegetais não vão contar histórias. Não se lembrarão das panelas ou de terem sido colhidos e comidos. As plantas terão a inocência afortunada que as plantas do primeiro rascunho não têm.

Na paisagem cósmica, as plantas têm lugar garantido na primeira fileira. Deus está entusiasmado porque a plateia da criação é composta na sua maioria pela vida vegetal: árvores e arbustos, flores e bagas sentam-se para apreciar o espetáculo e comentam no intervalo, *Que comédia!*

Porém, nos imaginarmos no lugar delas seria completamente aterrorizante para os humanos, que não gostariam de viver desta maneira: a vida como um eterno espetáculo a ser desfrutado! Mas as plantas foram adquirindo esse conhecimento, ao longo de milhões de anos, de ser o público da criação. Sabem a beleza que é fazer parte de um público aberto e receptivo do espetáculo, que os humanos nunca souberam ser e nem poderiam compreender, pois nosso único propósito é o de ser crítico da criação.

Para um ser humano, avistar uma plateia de plantas parece a ruína, inexequível. Mas ser plateia da criação é uma coisa maravilhosa. Que privilégio poder sentar ali e assistir tudo! Ser tomado pela beleza da vida em sua totalidade! É um privilégio estar na primeira fileira. Mas não foi fácil para as plantas aprenderem a se sentar ali.

Por que motivo elas receberam a tarefa de ser plateia da criação? Ah, motivo não há. Ó porque Deus é um egoísta. Porque ele é um artista. Porque embora a criação tenha suas falhas, Deus orgulha-se em segredo da aparência de tudo que criou, e adora que seu trabalho receba atenção.

Pois bem, *você* se preocupa que um asteroide vai atingir a Terra nos próximos milhões de anos. Quem? Você. Eu não. Só acho incrível que esses corpos que transitam no espaço sideral não estejam tão distantes, e que possam ter um impacto grande na Terra. Ou seja, você acha que o Sistema Solar é bastante estável, à exceção do trânsito de eventuais asteroides, mas não pensa num segundo sol entrando no sistema solar e tumultuando tudo — mas pode acontecer! Um milhão de anos é logo ali, e um segundo sol vai atravessar a nuvem de Oort. O que é a nuvem de Oort? São pequenos corpos rochosos que transitam fora do sistema solar, mas ao redor dele. Circundando, né? Isso, formam uma esfera em torno do sistema solar. Uma nuvem de pedras? Uma nuvem de pedras de tamanhos variados, e supostamente um segundo sol vai atravessá-la e tumultuar nossas órbitas solares, e parte dele vai entrar no sistema solar, inundar a Terra e causar todo tipo de destruição. Mas pensei aqui numa coisa: e se esse outro sol tiver sua *própria* nuvem de Oort? — Aí a nuvem de Oort *desse sol* vai nos atingir em cheio, um golpe bem mais certeiro. Todo sol tem sua própria nuvem de Oort, certo? Parece que sim. Se o nosso tem, por que nenhum outro sol teria? É a força gravitacional do sol que gera a nuvem de Oort? Na formação de um sistema solar existe toda espécie de detrito, e as coisas giram em torno de um centro de gravidade e esse centro implode em sol, e aí as outras coisas implodem em planetas, e alguns desses corpos estão tão distantes que não chegam a ser puxados para dentro do sistema solar, mas continuam a girar e a girar. Então orbitam o sol? Não só, esses planetas menores vão continuar interagindo com os nossos planetas. Vai ser uma bagunça! Tem certeza de que vai acontecer? Tenho, já está acontecendo. Quer dizer, daqui a um milhão de anos as pessoas vão começar a se preocupar com isso. Se as pessoas ainda existirem. Olha, eu acho que as pessoas não vão deixar de existir; a pergunta para o futuro é: estaremos em qual fase da civilização e quantas pessoas haverá? Porque antevejo o colapso da civilização e o retorno à agricultura de subsistência. Por que motivo? Guerra pela água e por aí vai? Sim, vejo o colapso dessa estrutura social e a morte de noventa por cento das pessoas. E como ficam as usinas hidrelétricas? É aí que eu quero chegar, as pessoas vão ter que se contentar com a vida anterior a elas. Mas por que não haverá eletricidade? Porque para ter eletricidade é necessária uma massa crítica de pessoas, e dinheiro e conhecimento, e se restarem apenas vinte pessoas numa cidade, não será possível pôr uma usina hidrelétrica em funcionamento. Certo. Eu acho tão idiota isso das pessoas idealizando colônias em Marte. Deviam estar mais preocupadas com o planejamento das coisas por aqui, tentando descobrir como viver *aqui*. Ah, mas acham que aqui já virou bagunça, então querem ir para um lugar que consideram puro. Mas é o mais puro nada! Querem fazer de Marte o mais próximo da Terra, em vez de tentarem fazer o melhor deste lugar! É que é tedioso para as pessoas. Tedioso para as pessoas? Como assim? É tedioso tentar corrigir os próprios erros. Mas é tão mais fácil corrigi-los do que fundar uma nova Terra. A pessoa se muda para Marte e vive numa bolha? E aí não pode sair para pescar, não pode nadar, não pode andar de barco e nunca pode sair da bolha? Talvez descubram como fazer grandes massas de água. Mas isso levará mil anos, porque é preciso haver acumulação da atmosfera. É, porém mais dia menos dia haverá aquecimento em Marte, o gelo vai derreter e formar lagos e rios. Mas só daqui a mil anos. E nunca será como a Terra.

Folhas das mais delicadas, as mais verdes e humildes e que logo murcham, às quais ninguém dá atenção e que no entanto perseveram em silêncio, sob o sol poente. Mira gostaria de saber se existem folhas num coração humano. Existem no coração de Annie?

Mira espiou Annie dando um passeio com outra mulher, mais bonita e mais graciosa que Mira fora um dia, e sacou que essa mulher queria alguma coisa de Annie, e que Annie decididamente lhe daria. Algo mais ardente do que Mira quisera. Sacou que essa mulher era mais galante com Annie, e que essa mulher também queria ser galanteada. Só por isso, teve certeza de que Annie daria o que ela quisesse. Mira passaria a ser aquela que nunca conseguiu o que queria, ao passo que essa mulher seria seu oposto. Conversavam em tons de voz calorosos, ternos e íntimos. Haviam se aprochegado da água porque buscavam privacidade, e talvez por outros motivos que Mira não tinha como adivinhar. Ou quem sabe Annie tenha vindo sabendo que Mira estava lá, para mostrar que poderia dar a outra pessoa o que nunca tinha dado a Mira, pois Mira nunca soubera como consegui-lo, ou porque nunca tinha sido esperta ou terna o suficiente para tal, ou por qualquer outro motivo.

Quando escureceu, deixaram o lago, e Mira não conseguiu mais vê-las.

O vovô do quadrado, do círculo, do triângulo e da laranja — é tudo que você deve ansiar. E outras coisas semelhantes? Sim, também coisas semelhantes. Uma grandessíssima conservação de energia. Um ralo para todos os nossos recursos. E o fato de que as pessoas como são hoje não estarão aqui no segundo rascunho da existência. Por quê? Porque nem tudo é concedido da mesma forma duas vezes. O que foi dado aos humanos da mesma forma duas vezes é exatamente o que foi dado a toda vida sobre a Terra, e essa é a beleza que mais se preza. Essa permanecerá no próximo rascunho da existência, e ainda será encontrada aqui em qualquer estágio que seja da evolução humana, se é que haverá algum. A evolução pode acontecer de muitos jeitos. Eu acho que o que te deixa triste é que a arte que se faz hoje não será apreciada pelos mamutes-lanosos. Sem problema; eu já pensei muito sobre isso e agora sei que a arte é feita para o nosso contexto. O que virá vai ser parte de outro contexto, e nossa arte não terá então qualquer razão de ser. Você não lamenta? Não, não lamento que as coisas só tenham serventia em seu próprio tempo, inclusive a arte. Talvez os pássaros tenham belas fotografias nas paredes de seus ninhos. Ninguém jamais subiu numa árvore para procurar isso. Não, o lance é que os pássaros no próximo rascunho talvez nem precisem de obras de arte. Mas é verdade, não há o que lamentar. Quando se lamenta a morte em massa dos seres humanos, lamenta-se a arte que não será apreciada, não os seres humanos, que não merecem estar na Terra, pois são todos mortíferos. Você carrega o amor, mas ele é um atributo extra-humano, um atributo que está nas plantas, nos animais, nas nuvens, nos oceanos e em tudo o mais. Os humanos não são amáveis, a vida, sim. E a vida persistirá na Terra? Sim, há os ciclos, e se a Terra adoece logo vai se recuperar, talvez em um milhão ou dois bilhões de anos. A Terra fará o que for necessário porque se autorrepara na plenitude do tempo. Assim a humanidade vem evoluindo, e evoluiu de maneiras assassinas em vários níveis, inclinada à tortura e ao personalismo. Então por que não prescindir dos humanos, se o que mais adoramos neles está por toda a parte da Terra e não é exclusivo deles, que é a capacidade de amar, e que nos exige de uma perspectiva que está além de nós? É espantoso que essas coisas coexistam, mas é assim que é. E quando você avista essa conciliação numa só pessoa, o amor que ela carrega, então ela pode ser tão amável quanto uma planta ou um gato. Então você pode amar uma pessoa como você me amou. E tanto quanto você me amou. Mas há tantas coisas para não amar. É claro, por causa disso a humanidade evoluiu, não vai ser o fim quando os humanos desaparecerem da Terra. Somos nós os trágicos que acham uma tragédia o desaparecimento do animal humano. Nem conseguimos aceitar a extinção de nossos próprios pais! Mas não significa que seja uma tragédia em escala global. Salvo todo sofrimento. Mas salvo todo sofrimento, a Terra vai pôr em curso o que já está em andamento, que é sua autorreparação. Somos parte dessa gripe. Então logo nos encontraremos em outro lugar, ao menos a parte de nós que ama. Esta parte da Terra que é feita de amor puro, que está nos humanos e nos animais, permanecerá depois da extinção da humanidade, e a evolução vai repovoar a Terra com o dobro do número de pássaros, ou o que vier para substituir os pássaros. Será então Deus criando o rascunho seguinte? Ou será a evolução? Não sei, não vejo diferença. Claro, é muito fácil dizer isso a partir de onde você está agora, *Não vejo diferença*. Mas ainda há entre nós aqueles que estão entre os vivos e os mortos. Não por muito tempo! Tenho certeza de que há beleza em estar morto, em ser amor puro, e aquilo que havia de melhor em você ser tudo o que resta. Devo confessar que é muito relaxante. Na verdade, é a grande vantagem de estar morto, desmanchar o que a evolução alinhavou, criaturas notáveis, mas tão devastadoras. E debulhar o que Deus espera de nós, criaturas notáveis, mas tão críticas. Não vejo a hora do meu criticismo e do meu ímpeto devastador desaparecerem, e de mim o amor será tudo que resta. Por que as pessoas temem tanto esse momento? Elas *gostam* desse ímpeto mortífero! Acham que é sua grande qualidade! Criticar muitas vezes está relacionado a matar e vencer. Veja quem está vencendo: são mortos-vivos. O lado que anseia pela vitória foi forjado na evolução, e o lado que deseja criticar constitui nossa função mais importante, a de Deus. Ambos estão aquém do lado que ama, que por sua vez fica menor e menor com o tempo, ao passo que o lado que vence só cresce. É difícil para ambos os lados não comprimir o lado amoroso. Então eu não deveria me sentir tão mal quando não estou vencendo? Não, só agradeça por não ser um morto-vivo. Antigamente havia alguns programas sobre eles, sobre pessoas que perambularam semimortas na Terra. Porque essas criaturas existem mesmo! Esse é o grande impasse da vida, a pessoa quer experimentar o lado amoroso, mas a corrida pela vitória está vinculada à crítica e à devastação

— não falo só dos outros, mas de você. Tenho certeza de que posso me afastar da parte que deseja vencer e devastar. Mas é impossível você se afastar do lado crítico, nem deveria. Você foi muito amoroso comigo, e agora só me lembro das inúmeras faces do seu amor. É o que mais acontece quando alguém morre — em geral só se lembram do lado amoroso, mas é o mesmo que pensar na vida em si, que percorre as plantas e as árvores; o lado amoroso é parte do todo. E esse lado é o que há de melhor em nós, porque é o que há de menos individual, aquilo que, quando reluz, reluz com beleza extrema. É fácil se lembrar do lado amoroso, posto que é equivalente à vida, quando a pessoa que você ama está morta. O lado que deseja vencer é equivalente à morte. Você só se lembra das várias faces desse amor, que constituem a vida, porque deseja me trazer de volta à vida. Quando se lembrar do lado que criticava e devastava, não vai lamentar tanto a minha morte. Porque essa também foi minha morte em vida. Não tem problema se lembrar disso. Não faz mal que se lembre das partes da minha vida que foram de morte. Mas é melhor e mais fácil se lembrar das partes que foram de vida, pois enquanto o lado crítico e devastador morre, o lado amoroso muda de lugar; persevera em outro lugar. É incrível como o amor ilumina a vida de uma pessoa! É incrível como o amor nos ilumina profundamente! É, e seja lá o que as tenha iluminado agora já mudou de lugar e está iluminando outra coisa. Quando você se lembra de mim com amor, é essa coisa que está iluminando tudo sobre a Terra e reluz por meio das suas lembranças. Então por que não se concentra nas lembranças que te dão alegria, nas lembranças mais bonitas, e que no fim das contas constituem o mesmo lume que reluz através de você? Eu lamento que o primeiro rascunho esteja com os dias contados, mas não devo chorar por toda a existência, ou pela arte que nunca mais será compreendida. Quanto a isso, tudo certo, foi compreendida em seu contexto requerido. E não se esqueça dos pássaros que substituirão os que conhecemos hoje quando a Terra ou Deus acertarem o traço. E esses pássaros futuros talvez sejam parecidos com os pássaros do presente, ou diferentes deles, mas vão cantar, e terão obras de arte nas paredes de seus ninhos, independentemente do tamanho dos ninhos; e quem pode afirmar que essas obras não serão belas, ou até mais belas do que as feitas por nossos grandes artistas? E tudo será tão novo e empolgante, uma arte situacional equivalente a situação em que esses pássaros — ou criaturas semelhantes a pássaros — se encontrarão. Sempre nos encontraremos em alguma situação. E daqui a um milhão ou quinhentos mil anos — é difícil compreender as matemáticas — certa situação ainda estará em pleno acontecimento. Eu adoraria voltar para ver a arte nova desses pássaros futuros! Mas você *vai* voltar, e estará aqui para sempre. Não vá pensando que depois da morte você se afasta muito da Terra; você vai permanecer aqui embaixo, misturada a tudo — fica seu lado amoroso, que é o lado mais importante. Esse lado do que você foi estará aqui perpetua e pacientemente e testemunhará a Terra mudar de cor, se esgotar, recuperar o sopro da vida e reviver. Esse lado velará a Terra para sempre, através dos tempos, enquanto as lesmas fazem sua arte letárgica, belíssimos redemoinhos na lama, e sabe-se lá que tipo de coisa vai povoar o mar, e as grandes feras até então inéditas; seres escorregadios com guelras verdes e muitas escamas, penas e pelos. Até as criaturas aquáticas terão jeitos próprios e radicalmente novos de se locomover. E você vai presenciar até isso! Mas por que estou presa à arte feita no passado? Porque você está presa àquela situação e acha que é a única saída. Haverá um segundo rascunho, e o seu lado amoroso, isso que tem de melhor e compõe seu lado infindável, estará nos ursos, nos lagartos, nos mamutes e nos pássaros lá adiante, no segundo rascunho da vida. Você lamenta porque a arte, que é amor, vai desaparecer, mas você só precisa da arte porque está presa no primeiro rascunho. Você está triste porque seu pai morreu, mas no rascunho seguinte não ficará triste, pois não haverá pais.

Então Mira, da folha, conseguiu sentir Annie caminhando ao lado daquela mulher que talvez fosse sua namorada, e elas conversavam com muita reserva. Mira se contorceu para ouvir a conversa, mas elas não se aproximaram o suficiente para tal. Ou quem sabe o traçado da folha só é bonito em alguns aspectos, mas não reconhece palavras. Mira e seu pai continuavam a conversar enquanto Mira se contorcia para ouvir Annie. Que palavras de amor Annie aprendera a dizer nesse intervalo desde os tempos de escola? Mira conseguiu sentir os contornos sombreados de seus corpos, as silhuetas espelhadas no lago. Quando suas vozes subiam ou desciam de tom, algo se agitava dentro de Mira. O pai não sentiu nada. Ele nunca tinha conhecido Annie.

Mira sabia que um dia Annie deixaria a orla e nunca mais voltaria para encontrar Mira. O que Mira faria então com o amor que sentia — com o calor que, sendo uma folha, conseguia emanar com tanta sutileza, como se nada percorresse o ar? Mas ela já não se lembrava se os humanos conseguiam senti-lo.

Certa noite, sob um céu enluarado mas sem nuvens, Annie reapareceu com aquela mulher. Havia algo de reluzente e belíssimo no cabelo da mulher, e a dor dessa beleza fez com que Mira evitasse olhá-la. Compreendeu que Annie não lhe amava mais, se é que amou um dia — mas talvez ainda amasse, mesmo que de um jeito incompreensível para Annie, pois voltava para se sentar perto de sua árvore. Mira sabia que não deveria chamá-la de *sua* árvore, como se pertencesse a ela.

Tudo que você deseja são reparadores, mas basta seguir com fé as tradições. Você quer que as pessoas apareçam para reparar suas coisas, e que apontem os reparos. Mas basta seguir as tradições familiares. Se reunirem para as refeições. Pode crer que faz diferença. Seguir as tradições com amor. Voltar à Terra daqui a um milhão de anos tórridos. Enquanto isso desfrute da companhia de todos os indigentes que comem salgadinho sabor queijo e jogam cartas à toa ou ficam com a bunda na cadeira esperando pela única chance de sua alma em toda a vida terrena, quando encontrarão seu amor verdadeiro. Quando duas pessoas estão predestinadas, o encontro acontece. Talvez demore um bilhão de anos tórridos para que você consiga retornar à vida, mas nem é tanto tempo assim, e me parece uma espera breve. É incrível aqui, perto de Saturno, o breu, a retidão e a paciência total, a ausência dos desejos. É possível viver assim por um milhão de anos tórridos, pois quando não há desejo o tempo passa rápido e tranquilo. É no tempo certo. Depois, na Terra, conhecer seu amor verdadeiro num programa de TV — que surpresa se for assim! Quer dizer que a TV tem lá sua importância, imagine duas pessoas se conhecendo num programa de TV. A televisão deve ser de fato um meio imortal de contar histórias, por isso o universo evoluiu para chegarmos à TV. Você pode fazer tantas coisas com o seu corpo caso se permita relaxar e se moldar à forma do universo, isto é, tubos esféricos bidirecionais e uniformes se vistos de fora, também se moldar a cada junção interior desses tubos, para que seja possível encaixar suas costas na esfera de cada anel de Saturno, não de modo lateral através do anel, mas dentro dele, que é esférico em toda a sua extensão. Faz parte da vida humana seguir as tradições familiares. É a parte mais importante da história toda. Se você segue as tradições não vai precisar de reparadores, que vão acabar com a sua vida. Eu nunca deveria tê-los deixado entrar na minha casa, mas minha filha estava com uns problemas, e aí um espertinho sacou o vínculo que existia entre a pessoinha e a pessoazona, e achou que o problema era falta de atenção, então recorreremos às soluções usuais, e chamamos os reparadores. E mesmo quando estavam vindo em socorro, tive um surto de consciência de que eles não podiam ajudar, apesar de todas as provas de que iam e podiam ajudar já parecessem devidamente alinhadas. Bastava ter seguido as tradições familiares, por exemplo, não comer doces antes do jantar. *Por que não?*, perguntou a criança, querendo comer o bolo primeiro. Então bastava ter dito com gentileza, *Porque não é assim que funciona*. Na vida familiar é sempre assim; as tradições são visíveis, tramadas no próprio tecido de uma família. Alguém talvez se arrisque a perguntar, *Quais são as tradições?* Mas essa pergunta não basta; perguntar *Quais são as tradições?* Basta segui-las com fé, com a fé de que basta segui-las. Quem segue as tradições não precisa perguntar quais são.

Que são, digamos, a gentileza e os encontros familiares. Todo mundo reunido numa sala. Lidar com as outras pessoas com franqueza e manter os reparadores à distância. Os reparadores vêm do mundo da psicologia, daqueles que nada sabem sobre as tradições e não se importam com isso, que as despedaçariam se pudessem e ainda instituiriam uma série de reformas. Desconhecem a lei que institui o retorno de uma pessoa à Terra um milhão de anos tórridos depois, nem que o retorno aconteça por uma razão bem simples: para seguir as tradições familiares. Nem precisa perguntar que tradições são essas. Quem pergunta não tem fé. A prática gera o conhecimento das tradições. A família foi criada pelas mesmas forças que levam um ser a viver uma vida humana, enfim um milhão de anos tórridos depois. Não se trata de coincidência as pessoas que encontramos aqui ou que fazem parte da família. Não adianta perguntar o que é uma família. Quem segue as tradições, sabe. A estratosfera escura, distante da vida humana, é um lugar onde não há nada a temer. Não há nada a temer pelo fato de se estar longe da Terra ou das pessoas ou dos modos de viver. Poucos se dão mal na estratosfera. Na Terra, os da estratosfera tampouco se dão mal porque é do conhecimento humano que foram enviados à Terra para seguir as tradições familiares. É necessário que a família esteja sempre junta, bem unida, esse é o quinhão. Chamar os reparadores não é a solução, pois no fim acabarão matando a família. Uma família reunida pelo universo não precisa de reparadores. Eles são uma invenção terrena, de pessoas que almejavam ser reparadores para que não se tornassem parte da família, afinal só as pessoas sem fé são capazes de chamar os reparadores. Nenhuma família se faz em vão. O motivo é que à vida humana, a nós os trazidos à Terra para viver a cada um milhão de anos, permite-se uma estrutura de vida baseada na fé. Uma família nasce do mistério da vida; nasce do éter. Além daqui há o nada, é o além vida, não tem gravidade e as leis do universo e as leis da física são diferentes das que você conhece da Terra. Não significa que essas leis sejam melhores, mas não há o que temer; se você relaxar vai perceber que as leis aqui do pós-vida, na escuridão do universo, são muito divertidas. As pessoas que adoram montanhas-russas têm alguma noção da velocidade e da vertigem dessa experiência, mas seu corpo não fica confinado a um trilho, porque no lugar dos trilhos há os anéis de Saturno. Alguma hora a pergunta virá, *Quer experimentar?* A resposta é: *Sim*, mas aí tem que relaxar. O universo, tendo uma vez permitido sua morte, não vai matar você de novo. Até se acostumar, demora, mas você não continua morrendo, e existe um lugar novo para você, um lugar sem amigos nem desejo nem família. Aqui na estratosfera, nessa escuridão toda, a sensação do viver é diferente; a vida não é determinada por um corpo humano, mas talvez *pareça* haver corpos sentados em mesinhas redondas, bancos de plástico, jogando cartas, e talvez *pareça* haver armarinhos-cápsula que são usados como banheiros. Você pode ter essa impressão, mas o que importa são as aventuras que vai ter numa vida em que a morte não existe; aventuras que envolvem velocidade, flexão, vertigem e outras leis e doutrinas físicas e filosóficas. É inacreditável, e você ainda ouve umas fofocas do tipo, *Eles não achavam que iam encontrar seu amor verdadeiro no set de um programa de TV*, e ainda ouve as fofocas do universo, tipo *Eles vão voltar à Terra daqui a um milhão de anos tórridos*. E ainda consegue ver todo o dano causado pelos reparadores, e porque deveriam morrer, mas são imortais. Nunca vão descansar, porque uma vez que são chamados por uma família não morrem, e depois que já estão dentro, não saem mais, e mesmo que você não perceba, lá estão eles na saleta. Mas você não vai precisar dos reparadores se seguir as tradições. Afinal só depois da morte uma pessoa sabe o que foi perguntado ali dentro. Fizemos um bom trabalho, né? Acha que sim? Não trouxemos os reparadores? Eu não lembro dos reparadores. Talvez houvesse. Se é que houve, não foi mais que um ou dois. Uma pessoa só chama os reparadores quando não consegue seguir com fé; quando perde essa habilidade, ou quando não tem o desejo de tê-la. A família deve participar de seus próprios problemas, não repará-los, mas se unir em torno dos problemas, seguindo as tradições com fé. É o que estamos fazendo? É assim que se faz? Não sei. Só sei quais são as tradições quando não estou perguntando A *pergunta que não quer calar, quais são as tradições?* Eu encontrei aquele primo que você sempre detestou, e embora eu tivesse minhas desconfianças quando você estava viva, acabou que tinha razão: ele era um grande imbecil. É um jeito de nomeá-lo. Ele não seguia as tradições com fé. Quais tradições? Amar e cuidar da família. Aquela história de que ele não convidou você para conhecer sua casa quando estava no país em que ele vivia, lá praqueles lados do mundo; foi um exemplo de que ele não seguia as tradições. Sempre ficava desconfiado quando você fazia um comentário maldoso sobre uma pessoa da família, achava que o problema era você. Você também tinha suas críticas em relação a mim, e assim como eu duvidava das coisas que você dizia sobre os outros — e eu, sempre desconfiada, tomava as dores deles — também duvidava das críticas que você fazia a mim, mas você tinha razão. Agora sei que sim porque você tinha razão sobre o resto. Você não fazia críticas tão duras, e se criticava é porque se sentia mal — pelo modo como outros humanos tratavam você. É assim que descobrimos que estamos seguindo as tradições da família humana? Pelo que causamos nos outros? Ah, acho que faz parte. Sinto muito pelas vezes que não segui as tradições com fé. Lamento por todas as vezes que chamei os reparadores. Eles não nos ajudaram em nada. Só me afastaram das tradições familiares e me afastaram de você. Espero revê-lo daqui a um milhão de anos tórridos. É assim que funciona? Não sei. Só consegui entrever aquele lugar distante. Ainda não estou tão por dentro das fofocas de lá.

Então Annie dizia à tal mulher que sua vida estava sempre passando por uma série de mudanças, mas nunca percebia as mudanças enquanto aconteciam, embora esse fosse o grande lance de fé na vida, e assim a transformação acontecia. A mulher acabara de se mudar para uma cidade pequena, então tinha uma noção do que Annie dizia. A cidade era pequena, mas se ela quisesse, disse Annie, podia tornar a cidade ainda menor — pequena o suficiente para fazer alguma coisa que fosse importante por lá. Annie apontou para dois cisnes que nadavam juntos no lago. Um cisne branco e um cinza. *Cada pessoa tem um papel na vida social*, dizia Annie, *então você é parecida com aqueles dois cisnes, mas num corpo só. Cada pessoa é esses dois cisnes, não acha?* Então os cisnes enfiaram a cabeça na água, pois ficavam tímidos quando as pessoas falavam deles; as pessoas se esquecem que os cisnes são tímidos. *O cisne cinza é o seu corpo*, Annie dizia, *e o branco é nossa vida em comunidade. Tá vendo como eles nadam lado a lado? Imagina a solidão do cisne cinza se o branco nadasse para longe e o abandonasse.* Então a mulher começou a chorar. Ela não queria que o cisne cinza de seu corpo abandonasse o cisne branco da vida em comunidade, ou tivesse que nadar sem ele. *Eles precisam nadar juntos*, Annie disse. Então Mira se lembrou que Annie nunca teve pai nem mãe, mas Mira tinha um pai, e cá estava ela, presa com ele dentro de uma folha. Ainda era uma criança. Annie havia amadurecido bem mais que Mira, pois nunca tivera pais, logo teve mais facilidade para aprender a viver em comunidade, até para descobrir que isso existia. Mas Mira tinha um pai, então nunca precisou aprender. O fato de ter pai fizera dela uma criança presa na sua casa de infância, mas Mira tinha cometido um erro crasso, ao seguir o pai morte adentro, como se *ela* fosse seu próprio corpo, e *ele* fosse a vida em comunidade. O corpo de Mira estava predestinado a viver com o cisne que *era de fato* nossa vida em comunidade! A vida de Mira não deveria partir com ele! Como se atrevera a entrar numa folha? E o universo, que tinha suas próprias leis, a perdoaria por distorcê-las?

E ao mesmo tempo, ela se esgoelava para sair da folha, gritava, *Annie! Annie!* Uma voz vizinha dizia, *Como sabe que ela nos ouvirá?* mas ela sabia que essa voz estava contando mentiras! Se Mira gritasse, Annie ia ouvir e tirá-la de lá. Ela só tinha que soltar o grito mais alto, que ultrapassasse o tumulto que é o interior de uma folha. Ela sabia que Annie a libertaria se conseguisse ouvi-la. Gritou até perder a voz, então evitou não temer tanto a lógica que persistia na tentativa de aprisioná-la, que tentava convencê-la ininterruptamente, pois Mira sabia que aquilo ocorria para que ficasse assustada. A voz assustava Mira para tranquilizá-la, então Mira começou a perder as forças. Mas parecia que cada vez mais estava presa naquele lugar subterrâneo. Tudo que a voz fazia era para que continuasse aprisionada, e ela não entendia em que momento se tornara tão assustador, pois não havia sido tão assustador no começo. Ninguém, em parte alguma, podia ouvi-la ou correr em socorro! As paredes da folha pareciam feitas de concreto, e ela estava bem dentro da folha, um lugar sinistro e cheio de luzes coloridas, e todas as pessoas estavam alheias a seus gritos. Como assim seus gritos não tinham sido suficientes para tirá-la de lá? *Annie! Annie!* Tivera certeza de que alguém ia ouvir do outro lado da folha, mas agora não tinha mais certeza de nada. Quem sabe se tivesse começado a gritar antes, bem antes que aquela coisa toda a envelopasse. Lá embaixo havia maldade, medo, sobressalto e ódio, e quanto mais ficasse ali, mais tempo ficaria. Não fazia ideia de onde era a saída, não encontrou escada nem um elevador para subir; o lugar tinha sido projetado para aprisionar as pessoas. Não tinha saída. Ela teria que passar por aquela lenga-lenga toda de deixar que a voz a assustasse e continuasse insistindo no susto antes de ter qualquer esperança de sair dali. Disse para si mesma que a voz não lhe assustava, que só mentia e tentava prendê-la. Nessa hora fingiu que estava assustada, fez piadas e brincadeirinhas. Então, quando parecia que não estava dando certo, Mira começou a tentar bagunçar o lugar, arrancou seus veios, nervuras, fios, mas só acabava cada vez mais presa. Um novo dia começou. O lugar tinha mais artimanhas para prendê-la do que ela tinha esperanças de sair.

O que Mira estava tentando dizer a eles é que a psicologia era a pior coisa sobre a qual se debruçar; tinham que voltar a olhar para a superfície. Ao mesmo tempo que dizia isso, seus gritos ecoavam em seus próprios ouvidos. *Perdemos toda e qualquer visão da superfície, mas analisar a superfície é de muita utilidade, e quando tentamos analisar o que está por baixo, só estamos inventando o que está por baixo.* Por isso então foi jogada aqui, presa e punida? Por não acreditar nas histórias da realidade do que está por baixo? Mas esse não havia sido o motivo de sua descrença. Ela sabia que esse por baixo existia, mas talvez estivesse dizendo, *Não, não sabia, você esqueceu a realidade do que está por baixo.* Ela havia esquecido do poder do que está por baixo; de toda força capaz de puxá-la para baixo e que em última instância a manteria ali, de modo que nem Annie pudesse ouvi-la, seja lá onde Annie estivesse. No entanto, Mira não queria ter dito nesses termos! Mas talvez quisesse. Agora estava confusa sobre a superfície e o que havia por baixo.

De repente um facho de luz enquadrou a folha e a partiu ao meio, e o dourado do sol correu ao longo de seus veios, e a vida rebentava em vez de chegar ao fim, e Mira começou a se desprender, se desembaraçar, se desvincular da folha.

Então ouviu seu pai dizer, *Agora minha filha está em outro lugar, e se esse lado do universo tem algo para dizer a ela, eu vou esconder dele a reação que ela tiver, e em resposta direi "eu" por nós dois.*

QUATRO

Annie e Mira estavam tentando conversar, então pegaram suas xícaras de chá e foram se sentar no sopé de uma escadaria; em seguida foram caminhar pela rua porque Annie queria um docinho, pararam diante de uma loja de chocolates e ficaram um bom tempo espiando a vidraça para decidirem que chocolates iam comer. Annie escolheu um cinza-pombinha no formato de um cristal, quase do tamanho de uma maçã. Disse que sempre quis experimentar aquele chocolate, todo facetado e lindo. Mira notou que a mulher colocava alguns sobre uma bandeja e chamou Annie para mostrar que não era um doce cristalino e duro, conforme Annie havia imaginado; era molengo feito gelatina, e não havia nada de especial ou fantástico nele.

 Elas entraram na loja e se sentaram numa mesinha redonda. Mira sentiu-se próxima de Annie. Não tão próximas quanto duas pessoas sempre podem ser, mas dividiam a mesa, e isso já bastava. Não era necessário estarem tão próximas para valer a pena. Ela sabia que Annie já havia levado outras pessoas àquela loja, com quem dividira uma caixa de nove chocolates.

Mira imaginara que ficaria dentro da folha para sempre. Havia pensado que seu corpo então se resumiria a isso — e que aquela seria sua nova vida — e que não deveria se alarmar. Já tinha quase esquecido como era viver fora de uma folha. Mas Annie apareceu e a resgatou. Perguntou se ela queria comer uns chocolates. Annie havia enfim se dado conta de que Mira estava dentro de uma folha, mas não foi de uma hora para a outra. Tinha visto Mira, mas não compreendeu o que acontecia. Assim depois de muitos meses, enfim compreendeu a visão que tivera; ali, dentro da folha, Mira.

Annie pensou em contar para Mira, e contou, *O que aconteceu é que você estava dentro de uma folha.* Annie contou tudo que viu, sem tentar persuadi-la a tomar uma atitude. Ela não disse algo como, *Você pode ficar dentro de uma folha pelo tempo que quiser,* tampouco *Você não pode viver dentro de uma folha.* Só contou à Mira o que vira; que Mira tinha entrado numa folha. *Você está muito verdejante ultimamente, muito quieta, e eu queria saber o que houve com seus sentimentos.* Annie disse essas palavras com muita gentileza, encostando seus lábios na folha, como se a beijasse, e respirava como quem beija, e sua respiração fazia cócegas em Mira. Então Mira sentiu o farfalhar da vida, como se sentisse seu corpo pela primeira vez, e ouvia o som de uma voz humana pela primeira vez há tempos.

Mira sentiu a respiração de Annie sobre ela, e sentiu a travessia de um estremecimento; então Mira começou a estremecer para a vida, e se deu conta do que sentia falta, e percebeu a falta que tudo aquilo fazia. Mesmo que estivesse feliz por estar ausente, entendeu a saudade que sentira. Alguma coisa havia se perdido. Poderia ter passado o resto de seus dias dormindo, sem sentir nada, sem ver nada. Já se tornava um lugar aconchegante. Por que reaveria todos aqueles sentimentos, visto que sentimentos e pessoas lhe pareciam tão complexos? Mas os sentimentos e as pessoas não eram tão complexos. As pessoas amavam Mira, ou pelo menos algumas, ou Annie amava, quem sabe. O mais provável era que amasse, pois ninguém mais havia lhe procurado dentro da folha para desembaraçá-la de lá. *Chegou a hora*, disse uma vozinha sonante. Mas do mesmo modo que não estava pronta para a morte do pai quando soube que ele estava doente tampouco estava pronta para voltar ao mundo. Sentia-se muito cansada. Não queria ser acordada para a vida. Queria ficar sozinha. Era tão confortável dentro da folha. Tinha a companhia do pai. Ela não queria a companhia de mais ninguém, pois qualquer pessoa se comparada a ele não tinha qualquer importância. Queria viver perto da água, ou em qualquer outro lugar onde seu pai estivesse. Ele estava morto e Mira notara que havia ido para um lugar bom, onde ele não precisava ser gente, e que não havia o que temer da morte; assim, sem medo, foi atrás dele. Seguiu o pai até a folha. Mas de que jeito permaneceria ali com Annie farfalhando seus galhos daquele jeito? Mira viu o rosto lindo de Annie, o rosto de sua salvadora. Muito corajoso da parte de Annie interceptá-la na folha, onde já se contentava em ficar. Mas não queria ficar ali para sempre. Mesmo sem ter o amor de Annie, sabia que logo chegaria o momento de sair.

~

Annie disse que gostaria de provar um daqueles doces grandões em formato de cristal cinza-pombinha, e Mira disse que ia provar uma das trufas, e enquanto Annie se sentava na mesa, Mira gritou *Mãe* por acaso, virou-se do balcão e gritou *Mãe!* para Annie. Em seguida Mira riu e tentou se explicar, disfarçando, *Ai, é que eu estava olhando pros chocolates que têm a palavra* mãe *inscrita neles.* E olhou de soslaio para conferir se havia alguns onde se lia *Mãe*, e havia. Annie despertara Mira do sono enfeitiçado da morte, e Mira disse que gostaria de tomar um chá com aroma de rosas. Então foram tomar um chá, comeram cookies e chocolates, e dispensaram aquele belíssimo doce cristalino cinza-pombinha que Annie tinha vontade de provar. Annie concluiu que era melhor olhar para ele do que comê-lo, o que faz sentido para algumas coisas neste mundo.

    Sentada de frente para Annie, Mira agora se perguntava se essa verdade também valia para elas duas, se em certos momentos uma pessoa deve seguir adiante no mundo com quem ama à distância, e se essa distância existe para tornar as coisas ainda mais belas. Saber a distância exata das coisas é o mais importante na vida. Fazer o recuo exato, feito Deus se afastando de sua tela — pois é impossível ver as coisas de muito perto e é impossível ver as coisas de muito longe. Então foi assim que Mira se sentou na loja de chocolates, em frente à Annie. Do outro lado da mesa, Annie havia conseguido trazer Mira de volta à vida — a esta vida humana.

~

    Caminharam pela rua de prédios de tijolinhos e prédios de concreto, sobre um chão de concreto e sob o céu, e suas sombras escuras caminhavam logo a frente. Vinham da escadaria que ficava próxima à casa de Annie, onde haviam se sentado nos degraus e onde Mira havia esquecido sua xícara de chá, mas Annie estava com sua xícara em mãos, então teriam que ir juntas para algum outro lugar. Havia várias opções de lugar para ir, e Annie convidou Mira para dar uma voltinha com ela.

    Mira havia se esquecido que Annie tinha um jeito próprio de ser gentil: uma inocência que não era comum sequer aos inocentes. Mira havia esquecido o quanto Annie era frágil. Esquecera qual das duas era a órfã; qual das duas tinha tudo e qual delas não tinha nada. Parte disso era culpa do mundo de que faziam parte — um mundo suscetível a esse tipo de indiferença. Annie era quem nunca tivera pai nem mãe. Para ela, um prédio numa cidade grande e cinza era o único sinônimo de pais que conhecia, um lugar empoeirado e melancólico, com lençóis finíssimos e dedos dos pés para fora do lençol. Todas as noites o pai de Mira a colocava para dormir, e lhe contava as histórias mais bonitas do mundo — histórias de amor, de princesas, de bolas de ouro, de poços fundos de tijolinho, de transformação e sapos — histórias que seu pai inventava, para satisfazer as ânsias da filha. Já Annie tivera que inventar suas próprias histórias, e não era muito boa nisso. Às vezes as histórias que contava para si mesma não acabavam nunca e ficavam cada vez mais sombrias, como se ela tecesse uma corda fina, e nunca havia ninguém para indicar o caminho de volta. Então como havia conseguido trazer Mira de volta? Annie conhecia os perigos de se afastar demais de um lugar e não conseguir mais encontrar o caminho de volta. Percebeu que Mira passava por uma situação parecida, então deu uma forcinha para arrematar a costura da história de Mira. Era um arremate gentil, que ela costurava e devolvia para Mira decidir o que fazer com ele. Usava um barbante macio e branco semelhante ao que é usado nas padarias para amarrar caixas de papelão. Annie entregou o embrulho para Mira e Mira compreendeu, depois de se despedir de Annie naquele dia — e depois dos nove chocolates que comeram —, que ela poderia desembalar se esse fosse seu desejo, e inclusive fazer o caminho inverso, desfazendo o embrulho. Mas guardou no bolso, e seus dedos desfizeram a trama com cuidado, depois reamarrou o barbante, e em seguida ela deixou pra lá. Mira logo ficou nauseada ao tocá-lo; não queria ter aquilo dentro do bolso o tempo inteiro. Então pôs a xícara de chá sobre a mesa, e o barbante que Annie havia lhe mostrado.

CINCO

Você se entristece por estar vivendo no primeiro rascunho — medíocre, apressado, exuberante, malformado? Não, tem orgulho de ser forte o bastante para vivê-lo, um dos soldados dispensáveis de Deus no primeiro rascunho do mundo. Há uma espécie de orgulho em ter sido criada para aperfeiçoar um mundo vindouro. Um tanto de orgulho por ter sido criada para ser expulsa dele.

Há certo frenesi no primeiro rascunho — anárquico, incongruente, cheio de vida, falho. Um primeiro rascunho tem algo que um segundo não tem.

Nossa vida é repleta de desgraça, mas que tal a emoção de estarmos juntos nessa, nesse momento horripilante, sabendo que a vida não será tão tenebrosa assim quando o segundo rascunho começar? Sentirão falta de algo que desfrutamos nesta vida, do qual nem mesmo podemos nos alegrar em ter, pois não acreditamos que virá um mundo em que nosso sofrimento terá desaparecido.

No mundo vindouro haverá procriação? Haverá romance? Ou as pessoas só vão segurar as pontas eternamente e amar um universo que é tão puro e tão bondoso que ninguém vai precisar ter filhos para conhecer o amor? Quão estranho e triste nosso mundo será aos olhos deles — se é que vão ter essas informações — ao saberem que outrora tivemos que gerar pessoas em nossos próprios corpos, com a finalidade de que fossem, entre os bilhões de pessoas viventes, alguém que pudéssemos amar e por quem sermos amados. No rascunho seguinte da existência todas as pessoas vão amar umas às outras e, ao refletirem sobre a nossa vida, vão ficar arrepiadas, *Se não desalojassem um ser de suas partes mais sujas, não tinham ninguém para amar verdadeiramente, tampouco alguém para amá-los — exceto seus próprios pais, que por sua vez os desalojaram de suas partes mais sujas.*

Quão rude e bizarro nosso mundo será aos olhos deles! Ao ponderarem o que tivemos que fazer para conhecer o amor, acharão esse mundo tão minúsculo, trágico e imperfeito.

Mas nós conseguimos enxergar certas belezas nele. Divisamos a beleza de um jeito que eles nunca entenderão. No rascunho seguinte do mundo, de alguma forma entenderão, pois este será muito mais pleno. Quem de nós suportaria essa plenitude, nós, as criaturas do primeiro rascunho? Não veríamos com certo desconforto um mundo tão formidável?

Cá estamos nós, vivendo nos créditos finais do filme. Todas as pessoas querem ver seu nome em uma tela. E quem quer, consegue. Esse é o trabalho que estamos realizando coletivamente no momento: colocando nossos nomes numa tela. Nos foi dada a tecnologia necessária para um ato tão ínfimo, aqui no fim do mundo, este prêmio de consolação, este prêmio-teta.

~

Depois da morte, eu gostaria de voltar para ver...
O quê?
Se minhas obras foram preservadas pela humanidade. Se minha arte poderá ser vista daqui a cinquenta, setenta e cinco, cem anos.
Então você quer voltar à Terra para dar um google no seu nome?
Quero. Imortalidade é dar um google em si mesmo para sempre.

Então os dias ficaram às escuras. A silhueta das árvores no céu, e as pessoas de bicicleta pedalavam sombrias. Ficavam bêbadas e pedalavam sob um pé-d'água daqueles.

Primeiro vinham os temporais e em seguida uma onda de calor — um calor insuportável! E parecia não ter fim, como se um irmão mais velho malvado estivesse sentado na sua cara. Nós ficávamos deitados embaixo de nossos irmãos e suávamos. Quem diria que o mundo ia ser um lugar tão quente, que uma vez fora tão frio e a vida tinha só começado?

Naquela época, o ar fresco parecia o princípio de uma ocasião especial. Adão e Eva no Jardim do Éden desfrutaram uma agradável brisa de primavera. Ambos estavam com frio, também os animais, e o ar era frio como o vidro. O ar era límpido naquela época, lá no início dos tempos. Não havia essa quantidade de partículas de poeira flutuando em toda a parte; a poeira sobrevoando séculos e milênios. No início dos tempos não havia poeira. Os salpicos de pele de cada humano vivente sobre a Terra haviam sido varridos para baixo de tantos móveis, de tantos tapetes por milênios a fio. E ainda assim a poeira não tem paradeiro! Ela nos circunscreve. É difícil imaginar a leveza e a liberdade das folhas nas árvores, a alegria dos pássaros de então. Atravessamos os dias em meio ao pó da morte. Dois minutos depois do banho e já estamos imundos. É tão nojento que nem vale entrar na conversa.

Vivíamos escaldados numa sopa, numa depressão tão delimitada e tão profunda que nem reconhecíamos nossos sentimentos. Havia uma inércia terrível no ar e em nossa vida. Ficávamos imóveis na imobilidade do tempo. Era a sensação de estar num avião que circulava bem devagar em direção ao chão. Você chegou a observar as outras pessoas ou não observava? Segurou a mão de alguém que acabara de conhecer e disse, *Eu te amo*? Ou alguma vez fechou os olhos e pensou nas pessoas que amava, ou pensou no passado ou fez uma oração? Nos debatíamos por entre essas táticas como insetos minúsculos — às vezes rezando, às vezes fechando os olhos, às vezes pensando no passado e às vezes dizendo *eu te amo* para uma pessoa que tínhamos acabado de conhecer — enquanto a civilização espiralava para o fim. E ao que tudo indica, toda água existente estava cheia de plástico, inclusive as mais confiáveis que vinham em garrafas plásticas.

    Fomos nós os sortudos, por termos sido escolhidos para viver nesta época pavorosa — por termos sido escolhidos para viver nesta época lancinante — e está claro que qualquer tempo da civilização humana será lancinante, mas nenhum pior que o fim?

    Que solitário foi o fim do mundo, não ter a presença de todas as pessoas que viveram antes de nós para nos acompanhar aqui, para partilhar o fim. Queríamos que voltassem para o agora. Compreendemos enfim por que, nas histórias de apocalipse, todos os ossos dos mortos rolavam sobre a Terra, e por que todos os mortos ficavam reunidos num só lugar. Porque os vivos querem a companhia dos mortos. Queremos uma mãozinha de nossos ancestrais. Estamos com medo. Queremos a companhia deles e que eles percebam, assim como um pai à beira da morte quer seus entes queridos por perto, reunidos ao pé de sua cama. Por isso desejamos que todos os que um dia estiveram vivos estejam aqui conosco, pois o mundo que conhecemos chega então ao seu fim. Todo ser humano que um dia viveu é parte integrante deste rascunho que agora finda, então todos aqueles que um dia viveram deveriam estar reunidos quando a cortina descer.

O que as pessoas do próximo rascunho vão achar deste primeiro rascunho — se é que terão qualquer lembrança dele? Vão se lembrar deste primeiro rascunho da mesma forma que nos lembramos de um primeiro amor. O segundo rascunho será um amor maduro: duradouro, honesto, estável e justo. Não será como um primeiro amor: breve, doloroso, confuso e equivocado. Eles vão olhar para trás, para o mundo em que vivemos agora, com certo espanto e fascínio, incrédulos de que era assim que se vivia, a exata sensação de estar num relacionamento maduro e não acreditar que sobrevivemos àquele primeiro. Alguns de nós sempre amará o primeiro de todos e ansiará por ele. Portanto as pessoas do próximo rascunho da existência conservarão em seus âmagos um entendimento desse primeiro rascunho — caótico, sujo, perigoso e errado — tão diferente do mundo belíssimo que um dia habitarão.

~

Ou talvez não ansiemos tanto por nossos primeiros amores, apesar da confirmação de todas as músicas e histórias. Talvez estejamos só preparando a alma humana para um anseio ainda mais profundo que um dia ocorrerá, e quando percebermos no nosso íntimo a presença deste primeiro rascunho da criação, sentiremos uma ânsia confusa por retornar a ele, por mais imperfeito que tenha sido.

Talvez a alma humana esteja se preparando para uma ânsia sem saída, e que ocorrerá uma vez que as pessoas já estejam bem encaminhadas no próximo rascunho da criação. Vai ser um lugar melhor de tantos jeitos — de todos os jeitos que valem a pena. Se comparado a este mundo que nos foi dado, e recebido por nós como adolescentes ocupando uma casa com um monte de desenho de piroca, vai ser o êxtase.

Mas assim como as pessoas futuras nunca poderão retornar a este rascunho, nós nunca poderemos reaver o mundo em que vivemos com nossos primeiros amores. E assim será para Deus no próximo rascunho, quando ele tiver sonhos sombrios com o nosso mundo. Não chegará a desejar ter estado aqui conosco, mas sentirá que o passado tinha uma dose extra de vitalidade que o presente não tem.

SEIS

Agora Mira estava trabalhando numa joalheria, na seção de anéis de pedras preciosas. Ametistas cor-de-rosa em formatos ovais e quadrados, de perinhas e gotas de lágrima, brilhantes e transluzentes. Diamantes minúsculos fixados em engastes de ouro no formato de meia-lua, cintilando. Ouro branco, ouro rosa, e ouro em tons intensos de amarelo, e platinas cor de gelo que armazenavam um azul profundo e particular. Mira ficava sentada olhando para esses anéis o dia inteiro. Um citrino elegante, esculpido em trinta e seis ângulos no formato de um retângulo, cravejado de perolinhas brancas, acomodava-se num dedo como um bulbo, robusto feito um ovo em miniatura. Turmalinas melancia tracejadas de vermelho sombreado de verde imploravam para serem chupadas como balas, um sabor diferente em cada extremidade. Alguns anéis laqueados de um tom suave de laranja ou em verde extravagante. No cantinho de um anel masculino feito com opala negra havia um entalhe no formato de uma estrela cadente.

Mira protegia esses frutos luminosos que haviam sido desencavados do seio da terra para repousarem em veludo preto, pulsando. Vez ou outra entrava uma senhora de dedos grossos e enrugados para experimentar uma joia, ou uma mulher de dedos finos e inertes, frágeis até para segurar a menor gema, e a essência da beleza se esvaía do anel à medida que entrava no dedo de alguém.

Enquanto os melhores alunos de sua sala escreviam para revistas, Mira não saía do lugar, ancorada na loja, hipnotizada por safiras arrogantes e pequenas em azul meia-noite. Todos os professores que a haviam conhecido nos tempos de escola não ficariam surpresos ao encontrá-la sentada ali, encurvada atrás do balcão da loja.

~

Um belo dia Mira leu no jornal que Matty estava morto. Um acidente horrível. Haviam encontrado o carro dele no lago, com Matty sentado lá dentro.

Ao ler o obituário, escrito pela esposa e pelos dois filhos, ficava evidente pelo teor dos fatos e das histórias que contaram que Matty sempre fora um urso. Mas é certo que, na adolescência, poucos são apontados como um urso, pois ainda não haviam tido tempo de escolher a quem dedicariam sua vida. Durante a meia-idade, Matty trabalhara com zelo na loja de ferragens de seu sogro. Não havia sacudido o mundo como crítico.

Naquele dia, todas as joias maciças pareciam feitas de água. Mira sentiu um vazio total no peito ao pensar em Matty. Na parte da tarde, estava prestes a vender um rubi flamejante, envolto por quarenta diamantes. Quando ela se recusou, seu chefe chamou a vendedora da seção de relógios, e Mira viu o velho passar a seguinte quantia no cartão: sessenta mil dólares.

Durante a meia-idade, você não tem mais o acesso à sociedade que tinha antes. Vira-se um pária. A festa está rolando atrás de uma porta fechada. Você mal consegue ouvir os barulhos da festa, os pedaços de conversa entreouvidos *não* contam a história toda. Não é prazeroso identificar só alguns sons através da parede. Não que os jovens tenham te excluído, então é melhor não invejar os jovens, que nem estão se divertindo tanto. Só porque parecem ótimos não significa que se sintam ótimos.

Não é do desejo de Deus receber críticas das partes mais dinâmicas da cultura feitas por uma pessoa que está na meia-idade, e assim o coração da cultura torna-se invisível para você. Mas quando Deus fecha seus olhos para a cultura, abre-os para todo o resto. Mas o que há para ver? Estações do ano, pássaros, o vento nas árvores. Portanto não persiga seus antigos métodos de visão. Reaprenda a enxergar. Agora talvez pareça que houve uma perda de visão, ou que você não compreende as coisas que vê, mas ainda há tanto para ver. Deus não está nem aí para a opinião que você tem sobre uma determinada *banda*. Deus pôs um buraco na sua cabeça para que coisas como essa caiam por terra. No entanto você segue tentando atochar coisas como essas dentro dela! Há um motivo para esse buraco estar onde está. Ele serve para certas coisas, não para outras. Descubra as coisas que não dependem de um vazamento e encha sua cabeça com elas.

Na metade da vida, os deuses nos furtam. Vale para qualquer fato que acontece na meia-idade; a decadência do corpo, a morte dos amigos, a perda de um emprego, uma sensação estranha do tempo. Todas essas coisas são a evidência de que uma pessoa está sendo depenada. Os deuses nos privam de nossos pais, das ambições, das amizades, da beleza — e atuam de um jeito diferente com cada pessoa. Tiram mais de umas e menos de outras. Nos privam de tudo que precisam para nos ver com mais clareza.

Um casamento precipitado aos vinte e cinco anos talvez seja perdoável na aurora da juventude, mas no momento da privação, somos analisados como se nossas atitudes estivessem a cargo de uma pessoa sem idade e plena. Despidos do glamour e da beleza da juventude, tudo que fizemos em vida... — ganha outra cara. Podemos encarar nossas escolhas como meras ações, não estágios no curso da vida, afinal se na história da humanidade o progresso é uma ilusão, na vida humana o progresso tampouco existe.

No momento da privação, as pessoas começam a se ver com mais clareza. Enxergamos nossos defeitos e limitações de um modo antes impensável. A vida e o *eu* ganham um sentido novo quando os olhos dos deuses estão vigilantes sobre nós.

Os poucos momentos de presença efetiva que você já chegou a sentir na vida podem ser a indicação de que um deus estava dentro de alguém próximo, e que usava essa pessoa para te observar. Os poucos momentos tangíveis de percepção que tivemos sobre outra pessoa talvez apontem que um deus estava dentro de nós na ocasião, e que nos usava para observá-la. Quando os deuses esclarecem as particularidades de uma outra pessoa, é o mesmo que acender uma luz num quarto escuro. Talvez nos lembremos mais dos momentos de clareza do que de outros momentos em nossa vida.

A pessoa que os deuses observam através de você muitas vezes desenvolvem um apego emocional. Essa pessoa pode se dar conta de que está pensando muito em você, e você pode se dar conta de que também está pensando muito nela. É muito comum que essas duas pessoas sintam que estão fadadas a fazer parte uma da vida da outra. Podem se gostar ou não, ou talvez não haja um sentimento límpido, mas lá estão elas, minutos ou horas ou semanas ou anos misteriosamente em órbita dupla, com se algo relevante estivesse acontecendo.

Então quando uma ânsia repentina se instala em uma pessoa para ocasionar uma mudança brusca e dramática em sua vida, em geral é um desejo de se esquivar dos olhos dos deuses. Pode-se ter a impressão de que algo ameaçador está em curso — um perigo do qual tenha que escapar. A pessoa pode pôr a culpa dessa sensação nas escolhas que fez, ou ter a certeza de que poderia ter inventado uma vida melhor do que a vida que leva. Pode culpar a outra pessoa habitada pelos deuses por todos os desconfortos que sente, então tenta fugir do que considera seu lar. Alguns se mudam para uma cidade pequena, ou vão atrás de um amor do passado, tentam reatar o laço. Os solteiros querem se casar e os casados querem o divórcio; querem arriscar um último lance para ter a vida maravilhosa que acham que merecem.

Mas os deuses que te observam escondidos em outra pessoa não desaparecem caso você fuja de sua própria vida. Eles vão deixar o corpo do seu filho, vizinho ou amigo — seja lá quem tenha escolhido para te observar — e se hospedar num corpo de sua nova vida para continuar observando você.

Às vezes os deuses atribuem-se a forma de uma bactéria ou vírus, e muitas vezes essa é a explicação de uma doença — um tropel de deuses invasores. O lado exaustivo de estar doente diz respeito a essa invasão dos deuses. Eles usam seu corpo para observar uma pessoa próxima a você, para analisar os modos humanos neste rascunho do mundo e aprimorá-los no próximo.

De vez em quando os deuses matam essas pessoas. Dizem a si mesmos que adoecem as pessoas até a morte para fazer um julgamento das pessoas reunidas em torno do moribundo, pois querem ver como se comportam num momento tão crítico. Mas a verdade é que os deuses ainda não descobriram um jeito de sair do corpo de uma pessoa sem levá-la irrefletidamente à morte.

Na semana em que Mira estava sendo privada de seu pai, sentiu que os deuses estavam dentro dele e a observavam. E foi aí que Mira se encarou e concluiu: amava os livros e a arte mais que a seu próprio pai. Os deuses notaram e fugiram.

Mira odiava tanto ser um pássaro neste rascunho da criação. Desejava tanto ser como o pai e ter nascido ursa!

~

Mira estava mal. Se pudesse desfazer o passado, o teria desfeito. Havia perdido a oportunidade ter mais tempo com ele. Havia magoado o pai e se frustrado.

Mas ela queria desfazer o passado por que não soubera aproveitá-lo, ou o arrependimento era só um lapso de sua constituição psicológica? A grande qualidade de Mira, para Deus, era seu ímpeto crítico — seu desejo de desfazer as coisas. Era também a qualidade que Mira mais valorizava. Mas esse ímpeto destruidor a fazia sofrer. Quando pensava nos momentos divididos com o pai ao longo da vida, queria se lembrar das risadas dele, do caráter, da bondade, de todos os modos que conseguira retribuir essa bondade, tudo era agradável e amoroso. Por que a beleza revelada pela morte dele não podia ser mais forte do que o desejo dela de mudar o modo como as coisas se desenrolaram?

    Ele não quisera contar à Mira que estava à beira da morte, pois gostaria que ela continuasse levando sua vida normalmente. Mas queria que ela estivesse por perto, e quase sempre se frustrava com a infrequência desses encontros, sobretudo no último ano de vida. Ela queria ter estado por perto, e passado mais tempo junto com ele, mas alguma coisa a mantinha afastada, talvez mais do que o aceitável. Mas parecia importante e o que deveria ser feito — estar no mundo sem ele, como se fosse uma repetição das questões do passado, de quando ela tentara manter distância, ou o risco de estar caindo naquele poço geminado para sempre. Ele concordou que também desejava isso para ela — que estivesse no mundo sem ele. Ambos queriam a mesma coisa — que cada qual vivesse sua própria vida — mas também queriam a proximidade e viver uma só vida.

    Mira achara difícil estar por perto naquele ano derradeiro, vendas nos olhos dos dois; ninguém queria encarar a iminência do fim. Ele se sentia mal por querê-la ali, e por desejar imediatamente que ela voltasse, e ela se sentia culpada por querer ir embora. Mas levava para ele todas as coisas boas que encontrava no mundo exterior; caramelos em papel-alumínio azul e prateado. Nem sempre queria aparecer com presentes, temia se tornar a esposa dele. Ela adorava o sentimento que existia entre eles quando ainda era uma garotinha, e das histórias que ele contava sobre três irmãos já crescidos que caíram no mundo, cada um deles à procura de seu próprio tesouro, e quando os três voltaram para casa com algo especial que tinham descoberto, conseguiram decifrar, cada um a seu modo, o enigma que o pai lhes havia apresentado. Mira fora enviada ao mundo para retornar com a resposta de qual enigma? Talvez este: *no amor, qual é a distância mais efetiva?*

~

Todas essas recordações deixaram Mira cansada, como se tivesse passado o ano da morte do pai sentada ao lado dele, em sua casa, e um sedativo esquisito corresse pelas veias dela e a fizesse dormir profundamente, e a fizesse bocejar profundamente, um bocejo após o outro, o sedativo mais forte que já experimentara, ali no sofá conversando com o pai, enquanto o peso daquele ano se mostrava tão sufocante quanto o sono. *Por que você não tira um cochilo no sofá*, perguntava o pai, e ela desconversava, dizia que tinha que ir para casa. Não podia se deixar adormecer no sofá do pai naquela casa da morte e de morrer, embora uma vez tenha dormido naquele sofá, e, quando acordou, seu coração estava tão radiante quanto um coração puro de criança. Ele estava assistindo à televisão usando fones de ouvido. Tinha sido tão bom acordar perto do pai, na casa dele.

Entre eles foi assim a vida inteira, no primeiro rascunho da existência que dividiram.

~

Ela se lembrou do jeito que ele tinha de acenar para ela da porta de casa, e de não dar as costas para entrar até que ela já estivesse na metade do quarteirão, fora do alcance de sua vista enfraquecida, ou até mais longe.

As costas vulneráveis do pai sob a camisa tricolor, as calças cáqui. A magreza do pai e a sensação de tatear os ossos das costas ao abraçá-lo, cada osso da espinha, e o raspão pinicante de sua barba malfeita sempre que o beijava. E quando ela tirou o quadro que ficava pendurado em cima da TV, na limpeza que fez na casa um mês depois da morte, o quadrado em branco sob o quadro pulsava suavemente num formato de coração, como se aquela casa a amasse com a mesma intensidade que seu pai, que passara tanto tempo sentado de frente para aquela parede da sala, amando-a em todos os dias de sua vida.

É fácil amar um filho. Nada no mundo é tão fácil. Muitas vezes o pai sente um amor especial pela filha. É natural que projete sua curiosidade e orgulho no próprio filho. É simples amar uma criatura que é sua. Mas é uma dívida que o filho nunca poderá pagar — a de ter recebido a vida e tantos cuidados. Um tremendo desequilíbrio.

    É uma crueldade da vida. Assemelha-se à desarmonia — e é, em suas particularidades. Nenhum de nós pode recuar o suficiente da vida para enxergar a harmonia que de certa forma existe. O filho nunca é a pessoa que o pai quer que ele seja, nem deve ser. Ainda que uma filha aceite os ensinamentos do pai, ela vai se tornar uma criatura diferente das expectativas dele. Mas é essencial que seja assim. Desse modo, o mundo se transforma, só assim ocorre a evolução e a transformação dos valores e das opiniões. Um filho deve seguir suas próprias regras. Um pai nunca conhecerá esses valores e regras. Um filho é sempre um estranho para o pai, e esse é um motivo de mágoa para ele. A vida de um filho pode soar como traição. Mas a vida não é uma traição da vida.

O pai não deve se sentir traído, mas na pequeneza do tempo, sente-se. Uma filha pode se sentir culpada por seguir suas próprias leis, mas a vida a forçará a segui-las. Seu pai também passou por isso; ela acha que é a primeira pessoa a ter esse sofrimento, mas não é. Nem todo pai sabe de antemão que ao se tornar pai passará por essa dor fortuita; que a coisa mais importante para um pai não é a coisa mais importante para um filho. Um filho também sofre com isso.

O pai acha que o filho deve fazer alguma coisa para reparar essa situação, mas isso é algo contra a vida, logo o filho não tem esse poder. O filho também sofre com isso. Nenhuma filha foi a criadora das regras da vida, que tem suas próprias leis, assim como seu pai; assim como ela. Por exemplo, a de que uma filha deve deixar o pai e cair no mundo. Não foi a filha que inventou isso. É o corpo que diz. O corpo que se torna o corpo de uma mulher e não tem volta.

~

Mira percebeu que seu pai gostaria que ela se casasse com ele. E mesmo que ela quisesse, não poderia ter casado. É uma das coisas mais basilares e desautorizadas pela vida. Talvez porque seja o desejo do pai. Então a vida não permite que aconteça.

Uma filha deve se sentir culpada por uma desautorização da vida? Não, a filha está naturalmente do lado da vida e contra o desejo do pai, então a filha tem mais poder, e ela se sente culpada por ter tanto poder. Pois parece que o contrário seria o mais correto.

Que atitude antinatural Mira tomou para destituir o pai de todo esse poder? Nada. Era o desejo natural da vida, e a vida forçou Mira a fazê-lo, sussurrando assim: *Caia no mundo e encon-*

tre outra pessoa a quem amar. Enquanto seu pai chora de solidão. Pare de pensar no seu pai, que está sozinho e chorando em casa.

Talvez agora que ele está morto, ela possa se casar com ele. Mira chegou a essa conclusão sozinha, e em seguida entrou em uma folha. Então Annie a resgatou mais uma vez.

SETE

Annie havia se mudado para uma cidade pequena para trabalhar com grupos de pessoas, no intuito de ajudá-las a resgatar suas ilusões coletivas. Mira ouvira esse boato e ficou triste e confusa quando se certificou de que Annie estava se dedicando a isso. Já fazia algum tempo que não se viam, desde quando Annie resgatara Mira da folha, e Mira pensava nela com frequência. Quando Mira percebeu que estava circundada pela sabedoria do universo, logo compreendeu que tornar-se um reparador era a pior escolha que uma pessoa poderia fazer, e achou que era importante contar a Annie. Não achava que Annie seria punida por se tornar uma reparadora, mas não queria que ela estragasse sua vida desta maneira.

Mira pensou compreender o que Annie esperava ao se tornar uma reparadora naquela cidadezinha: os humanos chamam reparadores porque não conseguem suportar a vida. Os reparadores tinham suas próprias ideias sobre todas as coisas; sobre os relacionamentos e a psique e a humanidade, e o que significava viver em família, e que as famílias eram perversas. Eles inventavam histórias, intrometendo-se na configuração que havia sido dada aos humanos, tão antiga quanto uma árvore. Eram como os jardineiros da família, aparavam seus galhos. Mas uma família precisava de um jardineiro para podá-la?

~

É natural que uma pessoa busque a reparação das coisas, mas não conseguimos reparar do modo que julgamos poder, e assim nos tornamos reparadores. Se uma pessoa embaralha a criação, Deus reembaralha. Qualquer mudança que pareça auspiciosa e mais adequada — se efetuada por uma pessoa — logo será desfeita por Deus, que por inveja quer ser o agente de toda reparação.

Annie havia crescido num orfanato, então é provável que nunca tivesse aprendido essa lição. Annie precisava ter o apoio de alguém da família. Quem era a família de Annie? Mira pensou: *sou eu.*

Então decidiu visitá-la em sua casa nova.

Foi num dia lindo de outono que Mira saiu de sua cidade carregando as caixas com todos os seus pertences. Enquanto dirigia, em qualquer direção que olhasse, avistava uma árvore vermelha flamejante, ou uma árvore amarela pensativa, também havia tantas árvores que verdejavam, e outras tantas com folhas alaranjadas e brilhantes, e nenhuma das folhas estava caída no chão seco e rachado. Nenhuma folha caída, a calçada descorada. Mira propôs-se a passar três meses de um outono lento e luxuoso, e nada se apressava para o inverno. O inverno chegaria quando bem entendesse. Mira sabia que as folhas eram a melhor parte da existência de uma árvore. Passou por bilhões, trilhões de folhas, universos inteiros de folhas; mais folhas do que toda quantidade de pessoas já nascidas no mundo. Mira passou por elas a bordo de seu carrinho amarelo.

Enquanto dirigia, lembrou-se de uma das primeiras vezes em que sentira um alvoroço profundo, diante do *Asparagus* de Manet. A simplicidade de sua expressão, a leveza do toque, o mutismo das cores, a insignificância de um aspargo, e o nome de Manet como uma folha belíssima no canto. O equilíbrio perfeito entre cuidado e descuido, o apreço e a delicadeza que ele firmou em cada traço. Ela soube ali que sempre se veria atraída pelos quadros dele — em qualquer museu do mundo.

Mira sabia que os humanos faziam arte porque fomos feitos à imagem de Deus — o que não significa que somos semelhantes a Deus; mas gostamos de fazer a mesma coisa que Deus gosta de fazer. Fazer arte ou criar a vida é igualmente dar forma ao espírito.

~

Mira se perguntou: *E se depois da morte de Manet o resquício de vida em seu corpo se desprendesse e entrasse num porco que era conduzido pela estrada? E se o espírito de Manet entrasse num médico que estava ao lado dele?* Esses espíritos dos mortos, por alguma força magnética, se reencontrariam? Um espírito que uma vez habitara determinado corpo tinha qualquer coisa que, mesmo que dividida em mil pedacinhos e dispersa durante cem anos, e se cada pedacinho desse se aproximasse de corpos diferentes, poderia provocar uma atração entre esses corpos?

E se alguns dos espíritos que habitaram o corpo de Manet transitassem nos porcos e plantas e pessoas até que um deles fosse parar em Mira; por isso se sentia tão atraída pelos quadros dele — os espíritos atraem suas partes correlatas, como órfãos em busca dos parentes.

Um artista é impulsionado a fazer arte por causa do espírito que o habita, então faz uma obra de arte que se assemelha a um sinal ou ao lume de um chamado, acenando para que seus parentes se aproximem. É por isso que um artista nunca se cansa de sua missão. Um pássaro acha complicado conviver com uma pessoa só, eis o motivo: porque eles estão desesperados — para criar uma superfície estética entre eles e o mundo, e que abarque todos os espíritos. Então em que medida podemos esperar o amor de um pássaro, ao passo que eles diariamente dedicam seu amor à superfície? Já o urso não cai de amores pela superfície: eles se unem a outras criaturas com muito mais objetividade.

E o que é o amor para um peixe? Era o que Mira se perguntava ininterrupta e ansiosamente enquanto dirigia seu carro amarelo em direção à cidadezinha onde Annie estava morando.

Mira se agachou no jardim, do lado de fora de uma sala nos fundos da casa de Annie, onde Annie recebia vinte pessoas, que estavam sentadas no chão e nas cadeiras, como se estivessem fazendo terapia em grupo ou numa reunião de sindicato. Mira só conseguia ver a nuca de Annie.

A sala talvez já tivesse funcionado como uma estufa: janelas por todos os lados, e até o telhado pontiagudo era feito de vidro e ferro. Havia três estátuas, e cada uma do tamanho de uma criança alta e magra: uma de peixe, uma de pássaro e uma de urso, esculpidas em mármore cinza-azulado e estriado com veios pretos.

Mira ficou escondida ali, os pés bem presos pelos galhos, arbustos e pela hera em que pisara. Annie conversava com o grupo, que olhava para ela em silêncio. Estavam sentados em almofadas ou no chão, ou em cadeiras de vime recostadas às paredes; às vezes alguém tomava a palavra, às vezes vários falavam, mas na maior parte do tempo ouviam Annie. Mira ficou em silêncio até o encontro terminar, e os moradores da cidade pegaram o corredor em direção à porta da frente. Quando Annie deixou a sala, depois que a última pessoa foi embora, Mira saiu de trás dos arbustos xingando porque tinha cortado o polegar na videira.

Enquanto caminhava da lateral da casa em direção à frente, espiou pela maioria das janelas. A casa de Annie era uma graça. A luz do sol irrompia em todas as direções, muitas plantas, assoalho de madeira, almofadas coloridas pelo chão e tapetes trançados. A casa era linda mas não tinha a cara de Annie. As pessoas da cidadezinha deviam estar agradecidas por ela estar ali para ajudá-las, e acreditado que ela de fato poderia fazê-lo, então deram a ela essa casa elegante, e havia até mesmo uma placa de madeira com o nome de Annie fincada no gramado da frente.

~

Ao passar por uma lata de lixo aberta, Mira espiou o interior. Na lateral de um saco plástico transparente, notou alguns frascos de comprimidos de cafeína. Mira sabia do que se tratava. As pessoas se queixavam de cansaço, exaustão, mas não se davam conta de que haviam sido convencidas disso para não precisarem fazer tantas coisas. As pessoas reclamavam da fadiga — as tão determinadas a reparar as coisas. Para detê-las, os deuses as extenuavam. As pessoas exaustas são as mais prevenidas. Também são as mais perigosas, as que, se pudessem, mudariam o mundo. Sabemos que tipo de pessoa ameaça os deuses pelo nível de exaustão que sente o tempo todo. Aquelas que não fariam tantas reparações não são submetidas a tanto cansaço. É sabido que os deuses consideram certa pessoa perigosa por seu cansaço frequente.

Quando Annie abriu a porta para Mira naquela noite, Mira achou que Annie tinha uma aparência diferente da que costumava ter nos anos anteriores. Usava umas roupas de pessoa responsável, cor de peixe podre, a pele de seu rosto estava mais escamosa e seca, e seus olhos castanhos estavam mais escurecidos; uma pedra sardeada de preto e dourado.

Mira estava na porta de sua casa, derretida por ela como sempre. Annie deu as boas-vindas, sentaram-se na mesa da cozinha e Annie serviu um chá que estava forte demais para o gosto de Mira.

~

Mira começou a contar à Annie tudo que descobrira, que estávamos na Terra para seguir as tradições familiares com fé, e que para seguir as tradições é necessário manter distância dos reparadores. Que a família é uma estrutura oferecida aos humanos, tão antiga quanto uma árvore, e que os reparadores são uma espécie de jardineiros descuidados, que arrancam seus galhos.

Annie ouviu com educação, com a frieza do mármore no rosto. Então disse à Mira que ela tinha entendido tudo errado: teria sido impossível que Mira tivesse recebido a sabedoria do universo estando dentro de uma folha com seu pai. Mas poderia ter recebido a sabedoria de *seu pai*, ou a sabedoria do universo filtrada pelo pai, e não pode esquecer que o pai dela era um urso. *Acho que você está confundindo a palavra "família" com a palavra "familiar". Viemos à Terra para encontrar nossos familiares, que podem ou não ser da nossa família. É com os "familiares" que devemos conviver — mas com cautela, não com fé.*

Essa informação provocou um baque no coração de Mira. Annie não poderia ter sido mais clara. Annie, que era um peixe, achava todas as pessoas familiares — todas, em igual medida. Para Annie, Mira era só mais uma das pessoas que a visitava em sua casa. Mas Annie, em essência, sempre havia sido familiar à Mira, o que parecia ser especial. Annie se destacava entre todas as pessoas, iluminada por uma beleza especial. Mas como poderia explicar isso para Annie?

Na esperança e pretensão de que Annie mudasse de ideia, Mira disse: *eu quero ajudar você, pois te considero da minha família*. E estendeu-lhe a mão por cima da mesa, com hesitação.

Mas em vez de suspirar ou cair no choro, Annie franziu a testa. *Devemos cuidar das outras pessoas porque nos são familiares — e porque são humanas — não porque são nossa família.*

Mira emudeceu. Talvez Annie tivesse razão. Ela havia pensado que amava o pai porque era da sua família. Mas esse era o raciocínio de um urso! Não pensava que o havia amado porque era humano. Ou porque o espírito dele lhe parecia belo? Ela não podia se distrair.

Continuo achando errado ser um reparador, Mira disse.

Muito fácil para você dizer isso! — *justo você, que nunca reparou nada!*

~

A conversa se desenrolou assim, a muito custo, até por volta da meia-noite, quando o pássaro do relógio cuco pulou amalucado da portinhola de madeira marrom. Annie então disse que estava cansada, embora não parecesse tão cansada assim, mas talvez estivesse cansada de Mira.

Mira foi embora certa de que havia estragado a noite. O que ela queria mesmo, agora percebia, era que Annie confessasse que a amava. O fato de Mira ter aparecido para alertar que Annie não se tornasse uma reparadora havia sido mero pretexto. Mira já estava mentindo para si mesma enquanto dirigia, e por isso não conseguira ser honesta com Annie, e assim toda a conversa acabou sendo péssima. Aquela noite foi um erro.

Mira passara muito tempo da segunda metade da vida pensando nas pessoas da primeira metade — seu pai e Annie — e percebeu que nunca deveria tê-la abandonado. Porém Mira não conseguira atrair para si o brilho das joias que brilhavam naquela época. Ela não conseguia superar! *De que* mais serviria a meia-idade — com toda sua preguiça e objetividade —, se não para abarcar as joias deslumbrantes do passado para o presente? Conseguia saber exatamente quais eram as joias. Brilhavam com tanto fulgor na noite escura de sua história, não há como negar a existência delas.

~

Se Mira voltasse à Terra daqui a um milhão de anos tórridos, teria que se lembrar de agarrar as joias logo da primeira metade da vida para não ter que passar a segunda metade à procura delas.

Uma promessa de lembrar — ou de esquecer? Afinal uma

pessoa nunca brilharia na segunda metade da vida da mesma forma que brilhou na primeira. Uma vez que os deuses onividentes abandonam uma pessoa, nunca mais retornam a ela, não assistem às pessoas a que assistiram antes. E é na vidência deles que nasce o brilho, o sentido, o que se inculca na mente. Estar junto de alguém na Terra não seria a mesma coisa caso faltassem aqueles deusesinhos atentos a coletar informações para o rascunho seguinte do mundo.

Quando Mira reencontrou Annie na segunda metade da vida, as horas que passaram juntas estavam sendo coletadas como material para a construção de um mundo futuro. Eram só duas pessoas passando o tempo — e tudo bem, até onde foi bom.

Ao voltar para seu bangalô alugado de manhã cedo, Mira percebeu que o telhado estava pegando fogo. Chamas alaranjadas ascendendo, já havia até um caminhão de bombeiros. Os vizinhos estavam no meio da rua, e o giroflex do carro da polícia não parava de rodar. Um dos bombeiros perguntou para Mira, antes de entrar na casa, se ela gostaria que alguma coisa fosse resgatada. Mira teve um branco. O que ela *tinha* mesmo? Respondeu: *Acho que nada*. E os bombeiros entraram.

Quando enfim saíram da casa, o bombeiro que havia abordado Mira se aproximou e explicou que o assoalho estava úmido: tabaco, atrito, e mais alguma coisa no telhado havia desencadeado o curto-circuito nos fios, e agora tudo cheirava à fumaça: as roupas, a cama, todos os lençóis. O bombeiro disse que ela deveria dormir num hotel e voltar na manhã seguinte para buscar suas coisas. Mira entrou para pegar o pijama e a escova de dentes. Vagou pela casa escura e esfumaçada e viu as enormes pegadas lamacentas das botas de borracha dos bombeiros. Em seguida avistou uma caixa de papelão desconjuntada. Ela a havia deixado no chão, ainda fechada. Um dos bombeiros havia pisado na caixa. Quando Mira se abaixou para abrir, o abajur estava destruído. Ela deixou as gotas vermelhas e verdes de vidro caírem por entre suas mãos.

    É claro que adoraria ter resgatado o abajur! Mas quando perguntaram o que gostaria de resgatar, ela não se lembrou de nada. Se tudo o mais também estivesse destruído, talvez não ficasse tão chateada, mas o abajur era a única coisa destruída, tornando-o a melhor coisa. Agora desejava que ele estivesse em suas condições iniciais. Por que não havia desencaixotado o abajur com toda reverência e cuidado? Porque assim que chegara na cidade de Annie, fora imediatamente visitar Annie. Como pôde ter sido tão burra? Nem sequer havia pensado nessa coisa tão preciosa. Como pôde ter esquecido que o abajur era mais precioso do que qualquer outra coisa?

~

    Talvez não seja tão ruim assim quando todos nós morrermos de uma vez só, logo no início do segundo rascunho; talvez não seja tão perturbador. Afinal somos feitos para morrer, um de cada vez, neste primeiro rascunho da existência — essa é a dor e o desejo. Essa é a beleza.

Agora a neve caía do céu cor de nanquim, e no ar pairava o cheiro fresco da neve. A lua baixa escondida atrás de tantas nuvens. Mira estava no terreno ao lado do hotel de estrada, para onde havia se mudado na noite do incêndio. Olhava por entre o pelo falso de seu capuz, mas sem conseguir enxergar direito porque o capuz era grande demais e caía sobre os olhos. Enquanto isso Deus ouvia suas queixas. *Meu capuz é muito grande, fica caindo nos olhos.* E havia gastado uma fortuna no casaco! *E esse casaco foi caríssimo. Por que jogo tanto dinheiro no lixo?* No próximo rascunho da existência não haverá casacos, não haverá dinheiro. Grande parte de nossas queixas só fazia sentido neste rascunho, o clima assim, o constrangimento assado, e quando todas essas roupas eram necessárias. O próximo rascunho da existência seria um tanto diferente. Mas não sabíamos o que haveria de diferente no próximo rascunho, ou o que permaneceria igual, então despachávamos todas as nossas queixas para Deus.

Mira queria contemplar a beleza dos flocos frios e grossos que caíam do céu, e os galhos baixos com o peso encharcado da neve. E *contemplava*, mas a frustração com o capuz e com o fato de ter feito uma compra equivocada tomava sua atenção. Por que não esperara para comprar um casaco melhor? Porque detestava pensar em casacos. Porque detestava fazer compras. Mas uma pessoa nascida neste rascunho tinha a necessidade de comprar roupas. Deus sabia a quantidade de frustrações que isso acarretava, e ao ouvir as queixas de Mira, se certificou. Mira atravessou o estacionamento, entrou na recepção e subiu em direção ao quarto, pendurou o casaco úmido no armário e deixou as botas de neve perto da porta. Então pisou numa poça de neve e encharcou a sola da meia. E agora tinha uma queixa sobre as meias! O que Mira estava fazendo aqui? Por que ela *existia*? Para se queixar das *meias* com o criador? Por que Deus ainda não destruiu esse rascunho e começou um novo? Quais queixas ele ainda precisava *ouvir*?

Deitada na cama, Mira relembrou a conversa que tivera com Annie, e repassou todas as cenas da juventude delas — sentadas no chão do apartamento de Annie, a sopa de amendoim, o beijo no meio da rua. Viu as duas ali, duas garotas lá embaixo — como se mesmo enquanto vivia algo ela observasse tudo do céu, de longe. Enquanto concentrava seus pensamentos no passado, se perguntou por que nunca revia o que tinha acontecido com seus próprios olhos, mas de um ponto de vista mais elevado e precedente — localizado na parte de trás de seu corpo, bem acima de sua cabeça, um poleiro que não estava a seu alcance, suspenso no ar? Talvez porque a perspectiva mais crucial de sua vida nunca tenha sido a dela.

Mira sentia-se contrariada pelo fato de que o ponto de vista mais importante pertencia a Deus, e não às pessoas. Mas que atitude cruel, forjar criaturas sensíveis só para servir a seus próprios desígnios aqui neste primeiro rascunho da existência? Mas até no próximo rascunho ainda estaremos à mercê dos desígnios de Deus, a plateia agradecida por seu belíssimo show. Quer dizer então que é *possível* forjar criaturas sensíveis para servir a seus próprios desígnios, ou esses desígnios sempre limitarão a liberdade de quem os criou?

Mira nunca quis o que Deus, ou seu pai, queriam para ela, e isso lhe causara muita dor. Não fora capaz de retribuir o amor efusivo de um urso. E detestava ser uma crítica. Tudo que queria era sentir a mesma alegria, apreço e beleza que sentira no momento que o espírito do pai entrou em seu corpo. Mas até esse sentimento — esse desejo corretivo — era semelhante ao querer e ao desejo de um crítico.

~

Como pode uma pessoa desobedecer ao seu Deus, ao mesmo Deus que a criou? O que acontecerá caso desobedeça? É provável que Deus acabe com sua vida. Mas o que acontece se Deus morre antes? *Só então* temos permissão para desobedecer? Ainda será chamado desobediência caso não haja uma só pessoa por perto que saiba qual é o significado que você dá para desobedecer? Por que desobedecer parecia ser o único o modo de viver?

Mira ia abraçar o constrangimento. Ia se vestir de folha. Renunciaria às pérolas e ao cetim. Uma folha só se veste de neve e chuva. Não ia dar opinião sobre coisa alguma. Não tomaria qualquer atitude, ia ficar parada no mesmo lugar, feito folha, e na hora da morte cairia no chão. Uma folha permanece no galho onde cresceu, não muda o mundo a sua volta. Mira não irromperia no mundo para criticá-lo ou repará-lo. Se fosse ridicularizada por seu traje de folha, nem tentaria repreender as pessoas que zombassem dela. Ela não achava que todas as pessoas deveriam ser folha. Tampouco achava que não deveriam ser. Ela não ia se vestir de folha para protestar contra o modo de vida dos outros. E não faria isso para ser uma pessoa melhor, nem mesmo a pior.

É claro que essa ideia era uma completa estupidez! Nem haveria com quem discutir sua situação. Mas sendo folha, nem precisaria. Uma folha não é intimada a falar perante um juiz. É claro que seu traje não faria nada de mais, mas quem espera que uma folha concretize alguma coisa? O grande feito de uma folha é jogar um pouco de oxigênio no ar.

Mira comprou um tecido verde, linha verde, uma agulha de prata e começou a costurar seu traje. Misturou tinta verde com creme facial, então voltou à costura de sua folha. A folha era ampla no meio e pontuda nas extremidades, com pequenos veios feitos com tinta marrom, e uma nervura central. O traje tinha dois lados, um para cobrir a parte da frente de seu corpo e outro para as costas, com um espaço no meio para a cabeça. O traje ficou firme quando ela o preencheu com retalhos. Vestiu, empurrou os braços pelos buracos laterais. Então ela foi atrás de um colã marrom e tênis preto, e os vestiu.

Olharia para o mundo só para cultuá-lo — e Deus, o criador, a odiaria por isso.

Annie abriu a porta para Mira e deu de cara com seu traje de folha. Como pano de fundo, o sol resplandecia e o céu estava claro. Annie a deixou entrar e reparou no verde de suas mãos, e fez um alerta esbaforido, *Por favor, não encoste nos móveis.* Talvez Mira não devesse amar Annie. Mas desamá-la não pertencia aos domínios de suas escolhas.

Mira seguiu Annie em direção a sala dos fundos e sentou-se no assoalho de madeira da estufa para não manchar os tecidos de suas belas almofadas e as cadeiras. Então caiu no choro. Lágrimas verdes desceram pelas bochechas e respingaram o traje. Ela enxugou os olhos, mas eles começaram a arder por causa da tinta verde que usara para pintar as mãos, e seus olhos começaram a lacrimejar de dor. Concluiu que sairia para comprar luvas verdes no dia seguinte e que não ia mais passar tinta verde nas mãos.

Aposto que você não ia querer ser vista comigo assim numa de suas festas importantes!

É claro que não, Mira.

O coração de Mira disparou. Ela sempre soube que não.

Soube já no dia que se conheceram no apartamento de Annie, mas vinha ignorando o fato. Não era da natureza de Annie amar Mira. Então Mira não conseguia se levantar do chão, não queria sujá-lo com a mão cheia de tinta. Virou uma folha ajoelhada. Então conseguiu ficar de pé em seu traje esquisitíssimo.
    Annie suportaria que Mira fosse uma folha? Claro que não. Mira não tinha noção nem juízo. Nunca teve! Era só um pássaro tolo, instinto e voos. Annie a acompanhou até a porta, abriu e ficou da soleira vendo Mira partir. Mira ainda amava Annie, e amava o mundo — mais até do que deveria. E não queria de forma alguma criticá-lo.
    Annie gritou: *Você precisa mudar!*
    Ela quis dizer que devo mudar quem sou, Mira pensou, *ou mudar esse traje de folha para minhas roupas normais?*

~

    Mira continuou caminhando, olhando para o chão. Já deveria saber que ficaria sem o amor de Annie. O que ajuda também atrapalha. Já deveria saber que ficaria sem o amor do pai. Tudo que lhe é mais importante será retirado de você, pois quando os deuses decidem que é hora de privá-lo, a intenção deles é deixar você sem nada.

Mira foi embora daquela cidade, despida da esperança que carregava há tanto tempo, de um dia enfim conseguir viver algo bom e duradouro com Annie. Ainda usou seu traje de folha por um tempo. Não parecia agradar, mas ninguém chegou a dizer isso na cara dela. Usou o traje até ficar imundo, e se deu conta de que não sabia como limpá-lo. Então deixou o traje de lado.

OITO

Numa tarde fria e nublada, Mira voltou ao lago para onde fora no dia em que seu pai morreu. No caminho, avistou uma concha na areia que parecia convocá-la. Tinha uma superfície nodosa em cinza e verde, como o casco de uma tartaruga antiga que ficara submersa por um milhão de anos tórridos até ser arrastada para a costa.

    Ela pegou a concha, e parecia que a concha estava falando com ela, dizia: *você ainda tem muitos anos de vida, e com o passar dos anos vai se distanciar dessa época de sofrimento, e o tempo apagará tudo, e tantas coisas ainda vão acontecer com você, e embora o presente seja tudo que tem agora, um dia será passado, uma lembrança de outras épocas, assim como eu, sendo uma antiga concha, vivi de tudo e nem recordo minha juventude, ou você acha que me lembro das coisas que fiz quando era jovem e cheia de vida? Agora sou uma concha velha, você também será um dia, então me leve com você para que eu sirva como um lembrete de que o momento presente um dia será passado, e as dificuldades do agora serão soterradas por muitas camadas de vida.*

Mira pegou a concha falante e a guardou no bolso. Em seguida voltou para casa e pôs a concha em cima de sua penteadeira, ao lado de suas maquiagens e joias.

~

Depois, sempre que olhava para concha, Mira tinha certeza de que tudo era culpa da sua imaginação e de seu esforço para ser obediente, e por isso tinha aqueles sentimentos gigantescos de remorso, e que por sua vez eram oriundos da crença de que as coisas poderiam ser melhores do que eram — como se o fato de não ter sido capaz de levar seu amor por Annie a um desfecho belíssimo, ou não ter conseguido estabelecer a distância certa entre si mesma e o pai, fossem as únicas coisas que tinham dado errado; como se a vida não fosse um errar constante nas tantas tarefas que Deus, os outros e até nós mesmos nos impomos.

Era ilusão achar que ela tinha criado o mundo e tudo que há; que havia inventado as regras do mundo e era sempre a culpada. De onde tirou essa ideia? Ou será que todas as pessoas também se sentiam assim, ou pelo menos um pouco, pois na verdade esse sentimento pertencia a Deus — o Deus que *de fato* havia criado o mundo, ao passo que nós absorvemos a vergonha que ele sentiu por tê-lo criado, de certa forma, mal, e confundimos a responsabilidade dele com a nossa.

Por isso ela precisava daquela concha feia e velha; porque tinha os contornos e a forma de suas entranhas. Era um lembrete do que era um ser humano e do que era a vida humana: não um abajur de vidro lindíssimo mas lascado, nem um anel de ouro que tem um amassadinho. Mas uma concha decrépita, constituída de milhares de anos, feita para durar.

E assim Mira foi vivendo os dias, comprava um saco de peras na mercearia, deixava a manteiga amolecer num pote de vidro sobre o balcão da cozinha para que estivesse macia na hora de comer suas torradas. E aí no inverno, ou nos bosques enlameados, ela descia colinas encarpadas com os pés virados para dentro, conforme o pai havia ensinado.

NOVE

Annie e Mira se encontraram mais uma vez, mas foi diferente. Era Mira quem estava morrendo, e Annie viera em socorro com todo tipo de provisão, não só à casa de Mira, mas às casas de todas as pessoas que estavam sofrendo. Ficou chocada ao encontrar Mira caída no chão; não com a visão de uma mulher caída no chão, ou com a calidez dos lençóis de sua cama, mas com o fato de que aquela mulher era Mira.

Às vezes os órfãos é que são os peixes — os que foram enviados para nadar sozinhos nas águas frias do mundo — aqueles que conseguem ver o panorama com mais clareza. Os peixes não têm pais para tamparem sua visão, e bons nadadores que são, se não tiverem medo de abrir os olhos debaixo d'água tudo se torna admiravelmente claro.

Annie segurou Mira nos braços, Mira a reconheceu. Ela levantou Mira, a pôs na cama e se sentou na beirada. Deixou suas responsabilidades de lado. Outras pessoas poderiam substituí-la por um tempo. Annie aprendera, no ano anterior, a reconhecer a iminência do fim. O cabelo de Mira empapava seu rosto, mal conseguia abrir os olhos, mas ainda conseguiu sorrir, e Annie, destemida, segurou a cabeça de Mira.

Mira estava tão feliz por ter Annie a seu lado. Talvez significasse que Annie a amava, mesmo que Annie nem soubesse disso, pois talvez fosse o tipo de pessoa que não suspeitava dessas coisas.

Mira teve dificuldade para falar, mas era melhor que ficasse quieta; bastava estar na cama com Annie e trocarem carícias — não era tudo que sempre quis? Cá estava Annie, enfim compreendera. A vida e suas artimanhas célebres: nem sempre dá, nem sempre tira, dá e tira ao mesmo tempo. Aqui mais uma situação como essa — enquanto o espírito fugia de Mira — por todas as células de seu corpo.

A luz do quarto estava fraca, e à medida que o dia escurecia, uma faixa de luz derradeira atravessou a janela. Para Mira, esse azul podia ter durado vinte anos, trinta anos. Sua vida inteira estava deitada naquela cama, a cabeça nas mãos de Annie. Quem poderá dizer o que Annie achou de tudo isso? O que é o mundo para um peixe?

Alguma coisa aconteceu com a alma do pai de Mira quando a vida a deixou, reavivou o que ele descobriu no momento da própria morte; que tudo nesta Terra está perdoado. Ele não era um pai ruim, e ela não era uma filha ruim, e não poderia haver maldade entre duas pessoas que se amavam como eles se amaram. E porque se amavam tudo estava perdoado, afinal este rascunho não é só um lugar de dádivas, onde tudo deve correr bem. A experiência é suficiente, e assim fizeram. Cruzaram a vida para chegar à morte. E os momentos finais são os mais verdadeiros, os mais genuínos de todos.

 Para eles bastavam poucas coisas — *boa-noite, durma bem, cuidado com a mordida dos percevejos, e se eles morderem você, belisque-os até ficarem pretos e azuis.* O que são percevejos? Pequenos insetos que moram num colchão. Eles existem? Existem, mas não se preocupe, acho que aqui não tem percevejo. Dá tempo de contar mais uma história? Chega, querida, vá dormir. Um copo d'água então? Aqui está. Você vai me contar aquela história do pássaro chamado Mira, que tinha uma amiga peixe belíssima, aquela história em que você era um urso e eles viveram felizes para sempre? Claro, amanhã à noite eu conto. Tá bom, te amo, pai. Te amo, filha. Eu que amo! Hora de dormir. Te amo, filha. Te amo, pai. Eu que amo! Pode deixar a porta entreaberta? Ei, onde pensa que vai? Lugar nenhum, fica tranquila, qualquer coisa estou lá embaixo.

ESTA OBRA FOI COMPOSTA PELO ACQUA ESTÚDIO EM ELECTRA
E IMPRESSA EM OFSETE PELA GRÁFICA PAYM SOBRE PAPEL PÓLEN NATURAL
DA SUZANO S.A. PARA A EDITORA SCHWARCZ EM JULHO DE 2024

A marca FSC® é a garantia de que a madeira utilizada na fabricação do papel deste livro provém de florestas que foram gerenciadas de maneira ambientalmente correta, socialmente justa e economicamente viável, além de outras fontes de origem controlada.